写给梦境

庞培诗选

庞培 著

Writing
to
Dreams

江苏凤凰文艺出版社
JIANGSU PHOENIX LITERATURE AND
ART PUBLISHING

图书在版编目（CIP）数据

写给梦境：庞培诗选/庞培著.—南京：
江苏凤凰文艺出版社，2022.5
ISBN 978-7-5594-4541-4

Ⅰ.①写… Ⅱ.①庞… Ⅲ.①诗集—中国—当代
Ⅳ.①I227

中国版本图书馆 CIP 数据核字(2019)第 295181 号

写给梦境：庞培诗选

庞培 著

出 版 人	张在健
责 任 编 辑	王娱瑶 于奎潮
责 任 印 制	刘 巍
出 版 发 行	江苏凤凰文艺出版社
	南京市中央路 165 号，邮编：210009
出版社网址	http://www.jswenyi.com
印 刷	苏州市越洋印刷有限公司
开 本	880 毫米×1230 毫米 1/32
印 张	10.25
字 数	200 千字
版 次	2022 年 5 月第 1 版
印 次	2022 年 5 月第 1 次印刷
标 准 书 号	ISBN 978-7-5594-4541-4
定 价	52.00 元

江苏凤凰文艺版图书凡印刷、装订错误，可向出版社调换，联系电话 025-83280257

自　序

诗歌是那种让人眼睛一热的东西，恍若哭泣的祖母，泪水的前奏。诗人的心灵，历经古今中外所有的苦难、喜怒哀乐，却又在瞬间复归平静。正是词语中的平静，让诗人得以从容，得以站立在生死契阔命运的面前，同时，转过他人群中间一语不发、屏息祈祷的目光。死亡是一名诗人更为专注漫长的祈祷。诗集的问世，犹如一部分流年逝水深山溪涧间奔涌的溪流；犹如作为作者生平的风中的野花——作者在不可知的角落上，双手合掌。

吉尔·德勒兹和胡兰成，他们全说过相类似的话："我这一生，就是对于优秀叛逆"（胡兰成《今生今世》），"一个穿越未来与过去的生命片断"以及"面对这一为我们带来最美的秩序的无序"（吉尔·德勒兹）。

是为序。

目 录

辑一：数行诗

003...... 南方歌谣

004...... 抱着吉他过冬

005...... "道路的屈辱……"

006...... 冬天

007...... 时光的侧面

009...... 秋天的运河

010...... 死亡乐章

012...... 低诉

013...... 一个人的命运

014...... 雨

015...... "我记得你睡觉的姿势……"

016...... 夏日摇篮曲

017...... 秋歌

018...... 岁末读薇依

019...... 九月

020...... 数行诗

022...... 寂静

023...... "夜晚宛如——"

025...... 春夜

026...... 印象：春天

027...... 薄雪

029...... 仿歌德 《浪游者之夜歌》

031...... 霜降之诗

032...... 纪念沈从文

033...... 拂晓

034...... 风中的味道

036...... 漂泊之歌

038...... 长江

039...... 暮晚

040...... 锡澄大运河

041...... 古谣

042...... 青河县

043...... 妈妈的遗容

044...... 包公祠边

045...... 夏日

046...... 写于无名的册页

047...... 五月

048...... 致歉

049...... 蝴蝶与幼童

050...... 诗人的寿命

051...... 重逢

052...... 在婺源

053...... 乡土

054...... 秋风吹遍

055...... 妈妈

056...... 书

057...... 电话铃

058...... 往事

059...... 出现

060...... 记忆

061...... 晨曲

062...... 死亡片刻

063...... 一阵江风

064...... 悲歌

065...... 江水缓流

066...... 日出之歌

068...... 一杯茶

071...... 一个平常的时刻

072...... 宏村

073...... 红色丝绸睡衣

077...... 晴空

078...... 肖邦

080...... 旧居

081...... 普哈丁墓园

082...... 爱

083...... 扬州的晚上

084...... 雨，2005

辑二：四分之三雨水

087...... 下雪天

088...... 1月7日

089...... 一个县城的童年

090...... 散步

091...... 牛

092...... 除夕

093...... 清晨

094...... 风

095...... 秋耕

096...... 如意

097...... 音乐

098...... 檐雨

100...... 凄苦的一见

101...... 郎溪

102...... 车过柳园

103...... 咸萝卜干

104...... 林中路

106...... 冬至

107...... 新凉州词

109...... 献给二战时期中国远征军

111...... 格聂神山远眺

112...... 云影

113...... 一首波兰诗

115...... 被风压倒的树

116...... 安东·契诃夫的早晨

117...... 探访之诗

118...... 雨天读艾米莉·狄金森

119...... 划火柴

120...... 长江和运河

122...... 抵达嵊山岛

124...... 康斯坦丁的一生

125...... 晚年何其芳

126...... 《鲁拜集》原稿

128...... 蜜蜂颂

129...... 雨中曲

131...... 切好的萝卜

132...... 如此人生 （风继续吹）

134...... 火

136...... 清晨的江面

137...... 薇依肖像

139...... 十一点钟出门

141...... 陌生者监狱

143...... 网兜

147...... 初秋

148...... 大理

150...... 洗碗

151...... 黄河

155...... 南京城公祭

157...... 我的早晨

161...... 一个秋夜

163...... 涌动的江水

167...... 人世之歌

169...... 夏夜

171...... 从江边回家

173...... 捣衣歌

174...... 到芬兰车站

176...... 浮桥

179...... 艰难一日

180...... 旧书

181...... 看见茨维塔耶娃

183...... 晾衣竿上的秋天

185......凉风

186......油条豆浆

188......秋风阵阵

190......萨蒂的秋天

192......洛维莎修女

194......秋风

196......融雪

197......诗

198......午睡

199......午睡时刻

201......夜曲

203......永久沉寂

204......针箍

205......枕中记

206......一脸的羞涩

208......树丛

辑三：写于无名的册页

213......治多县夜空

215......看火车

217......古老的家庭

218......黑蟋蟀

220......天山

222......在玛沁

223......馨香之诗

225......屋顶上的江面

227......寒露

230......早晨之歌

232……鲫鱼港路

234……树的眼眶

235……夜风

236……流逝的雨

238……屋顶上的钢琴

239……乡下

240……分手

241……清明巩义一别

242……岸

244……被遗忘的故事

246……草地上的鸟鸣

248……晚祷

249……弹拨

252……冬雨

253……冬天

255……冬雨之二

256……读诗

257……端午

258……黑夜

259……黄昏

261……落日

262……蒙古长调

264……写给梦境

266……韭菜港

267……晚春

268……拉萨记

270……一窝小鸟

271...... 秋声赋

273...... 八月的一天

274...... 被窝

275...... 温暖的阳光

277...... 熔点

278...... 一场雨

279...... 安静

280...... 阴天

282...... 约会

284...... 吉他练习

285...... 雾

287...... 夜读霍斯曼

289...... 祝融峰

291...... 赶蚊子

292...... 看不见的雪

294...... 北门

296...... 杨度

298...... 粥

300...... 夏天的尘埃

302...... 辽阔的一天

303...... 冷飕飕的风

304...... 多年以前

305...... 雨雾

307...... 纪念一个出生地：江南

308...... **庞培创作年表**

辑一
数行诗

南方歌谣

在僻静的小河边我曾经爱过
在微风吹拂的树荫下
当院子里的青砖
铺就整个夏天

梦中的我， 也曾无意听见
一些沉船， 一些
傍晚的风
吹过死者的墓地……

无名的岁月顺流而下
带走了多少欢声笑语——多少
真挚的脸， 中午的炎热！
痛苦的不可磨灭的眼神！

在僻静的小河边我曾经爱过
在微风吹拂的树荫下
当困倦的星星
充满明亮的睡意……

1988

抱着吉他过冬

桌子被静静地推向深夜。
某种孤寂一动不动压着灯罩,
思想——早在木工刨制这张桌子以前
就已完成。 如果他当时未能把一根榫头
嵌到适当的深度——
我不会抱怨他的手艺,
相反, 我欣赏这一切:
　　如果这时有人敲门, 如果他
　　四处寻觅, 我准备怀抱着吉他过冬,
　　在一间空荡荡的屋子里。

1991

"道路的屈辱……"

道路的屈辱，被雨水冲洗得干干净净，
露出石头，和发过誓（但无人记得）的坡道的斜度，
露出青湿的草叶、受苦的群山
以及平静的、仿佛大权在握的海洋——

1991

冬 天

冬天是多么寒冷
在它高贵的宅邸里有女人和遍地落叶
桌上有烫热的酒
墙上有题为《一把白色提琴》的名画
窗外有垃圾车、夜里的流浪、以及飞雪中
街道向下的陡坡

冬天是多么寒冷
一位俄国作家曾说:"我爱女人,但我只爱她的悲伤。"

1991

时光的侧面

在吹过你面颊的风中有着种子和草，

夜晚的星光、蓝头巾的女孩、鱼类的空间，

桥上车辆震颤，有着

死者的哀泣之声，不是通过灰烬

而是通过河岸上落日的巨大嘴巴

有着一座村庄秋水中裂开的阴影，被落叶

残梗，堆在门前的手

房屋四壁空空，地上的露水加重

月亮的坛子里是过冬的柿饼。在吹过你面颊的风中

在一个农妇不幸的往事里

挂着墙上的农具、炊烟

挂着后半夜的雨丝、笨重的水桶，

而那院子外面的井水晃荡杂乱的草屑

这个秋天的全部印象源自鸟的空腹

在吹过你面颊的风中，夜纷纷飘落

地里的庄稼纷纷飘落

暮色已褪尽了白昼的光线

山谷中衰朽的圆木，搁倒

在奔突的溪流浪花间——

原始的兽类的岩石，被刻上你的名字

它的毛发部分属于神的幻觉， 属于
消逝了的时光侧面

1991

秋天的运河

秋天的运河
把大地上暑热的庄稼、头脑中模糊的情欲
把农舍房顶上奔跑的狗、乌云、干草
堆在岸上
傍晚的风暴中，传来一个农妇低低的吆喝
在稻田里飞快地追逐她的孩子

风中传来更多的暴行
窗外的闪电，像邻居响亮的哭喊
一匹被撕裂的布，蒙在黑夜脸上
秋天的运河，在为
死去的女婴和烈日咆哮
天空中，淌满受到恐吓的屈辱的泪水

树根用它密集的肝脏、雨点
敲打两岸的树林

1992

死亡乐章

人不可能完全死去他的脸
一半留在窗台上在春天腐烂的黄昏
夜风吹过田野忽高忽低的行人
他留在房屋的裂缝处屏息静听
月亮的肝和肺
照亮这种听觉
人不可能完全消亡他的形象
镌刻在骤然而至的黑夜中他
在白昼漫游在夜晚休息梦里
他彻底静默了他的躯体
顺着屋檐冰凉的雨水哭泣
只为了一个名词一种声音他要说出
全部事实全部的厄运
他伸出热切的手
抓住空气中摇摇晃晃的街道桌上的茶杯花瓶
抓住抽屉的一半他的心
完全地空虚下来窗外
冬天到了
街上下起了雪
人不可能完全停止呼吸因为
其他的人还在说话其他人

还在走路争吵恋爱酗酒
声音和举止有时
过于肆无忌惮房间的一半
突然静下来

1992

低　诉

——放低声音吧，　在黑暗中放低声音！
那翻倒在椅子中无声的闪电，
哭泣正把它扶起：
"——那是多少年前的往事？"

幽灵们在窗外走动，
手里拿着夜之乐谱，
贴近大提琴手的脊背——
"活下去的人，　靠的是什么？"

……季节已是深秋，
但不要让墙上的雨水察觉。

1993

一个人的命运

一个人的命运
是他的言行， 是他身上的气味， 房间里的布置
是他的报纸， 是他读的书， 喜欢看的电视
是他睡眠时衣服的 "窸窣" 声……

一个人的命运
是他淋过的雨， 走过的街道——是他的自行车
是他的女人、 郊游、 牙齿， 兴趣广泛的业余时间
是他在楼梯上突然停下的一个念头

一个人的命运
是他的床单， 是他的信笺
是他走路的姿势、 购物时的口吻， 隔夜
陪客人跳的一个舞

是他探亲访友时的愤懑、 哀伤、 喜悦
一只旅行包的颜色
一个人的命运
是他经常听的音乐

1993

雨

雨慌乱地下着,
仿佛一个女孩子不知所措,
突然尝到亲吻的滋味……

在窗玻璃上,
在乌云、 相聚、 局促的爱抚、
磨损的手指间, 雨

充满离别的惊恐——
  树。 男人的裸体
  露出暗褐色的疤痕。

1993

"我记得你睡觉的姿势……"

我记得你睡觉的姿势,
我记得早晨大雪纷飞, 镜子
蒙上了水汽; 我记得
你站在窗前
满脑子的幻想,
一个柔和的冬天,
我记得你脸上的红晕。
当我们钻进被窝, 感到
屋子又大又冷, 静悄悄地充满喜悦
——我记得你怯生生的爱、嘴唇、
啜泣的双肩, 动情的眼睛……

——我记得! 记得
我俩的离别, 街上的太阳光、梦、泪水,
　一个越来越模糊的房间里
　　时钟幸福的 "滴答" 声……

1993

夏日摇篮曲

睡吧, 在干净的窗台,
在阳台上被褥的拍打声中,
用一张凉席
枕着头脑中发烫的梦。 让无声的夜
来临。
睡吧! 大街上尘土飞扬, 风
　　用一根倾斜的晾衣绳连接我的心!

1993

秋　歌

随着江面上最后一班轮渡
离去——夏天越来越远了……
暮色和浊浪
运载完它的乘客
夜晚那凄凉的鸣笛
回荡在所有那些逝去的白昼——

大街上，　最初几阵秋风
使台阶发凉，　使行人脸色骤变——夕阳下
我要用眼睛
说 "年代" 这个词！

……一本诗集读到一半，　天就黑了。
　　头顶无垠的星空，
　　　我丢失了有关你的深蓝色曲调——

1994

岁末读薇依

夜间卡车隆隆地驶经
巷子里风仿佛在涂改一个拉丁字
严寒紧贴砖缝：1943年
一名法国女人的临终弥留……

更远的地方，大雪落到山中的塔尖
修道院的僧侣迈动脚步
沿上升的台阶
吹灭了灯

在鸟儿啼啭之际
清晨穿过窗户
庄严地到达
　　一本书的苍白面容

1995
2010年重改

九 月

少女们松开肩上的发束,
用乌黑、羞怯的眼睛询问,
声音像杯盏,
斟满月光的青焰。

沿河的马路,弄堂口的藤蔓,
使每个过路人
脸上都有一层
神秘的柔情。

啊,群山环绕着长江——
一代又一代
诗人的心智,
使夜空清朗。

我又回到往昔的年代,
我又看到如花似玉的女人——
　　一阵阵晚风
　　吹动她们轻柔的举止。

1995

数行诗

风在吹着什么。
风总是从房间里悄悄地吹走什么。
虽然灯光、夜
一动不动，但我手里的寂寞
如不知不觉
翻过的书中的页码，
窗外，风铃响了一下，在夏夜的寂静中
提醒我：命运……
我脑子什么地方在想一个模糊的女人。
我应该立即行动，但又不知
从何处抽身——
往昔的岁月，宛如河面轻浮的涟漪。
一艘停泊的货船
远远在用它黝黑的船舷叹息："一个人的记性
太坏！……"
月光照着居所附近的石驳岸。
月光。哦，从那底下流过前世的水流——
我恋爱过的地方，那些街道
传来隐约的回声。夜风中仍有当年
倾心相爱时身子的银白
和一阵阵树影摇曳的纵情哗笑。

我不敢肯定。 但我记起
我的面颊曾触及过的发丝。
我记起她雨中凉丝丝的眼帘， 甜蜜的眼神……
虽然灯光和黑夜
一动不动。 但， 风在碰触——风碰了一下
我的房间， 和那里面的孤寂
风轻碰窗前的风铃， 是因为
　　风有所发现。
　　风在更多的风中触及我的往昔。

1995

寂 静

寂静呵， 你教会我忍耐，
一些事物在无名中到来——
就像人的身体， 在夜里
压住床的震颤。

当我用肩膀靠着你，
把命运
托付给爱——你教会我
不作声离开……

多少江河飞鸟，
如弃置耕地的犁铧！
　　寂静呵， 伟大的生活
　　像深深的病痛！

1996

"夜晚宛如——"

夜晚宛如某种奇迹,
相似的经历一再重现,
我在前一秒钟过完的生活,
在后一秒钟又照原样进行——

冬日的星光, 镶嵌门外
稀疏的树梢。 那里的屋顶覆盖
一个过去年代的阴暗家庭,
他们孤独的面孔, 仿佛正从

我冷清的脚步声里——苏醒……
一幢幢大楼、 旧城区的废墟
下面沉睡着儿时的嬉戏——我在
十年以前将之怀念, 十年以后

同样的忧伤又袭上心头——
我不敢触动这里的一草一木:
经夜色封存好的所有经历,
要依靠活人的行走和呼吸——

啊, 我身体的阁楼, 月亮小小的
泉眼, 钟表一样被揭开,

每夜，每夜，重复着同一造物主的
奇迹，和它所有最细微的哀怨。

1996

春　夜

一名附近厂里的女工，经过落市的
菜场，手里提着塞满菜的塑料袋，身上
明显的外地人特征：
肮脏，但气色很好；
头发湿漉漉（大概，刚洗过澡）。
我隔她三四步路，在她身后
从烦乱的马路上经过——
天突然热了，刹那间，我想起这是在
三月份，吹过来的风仿佛一股暖流——
行人拥上前，我的脚步变得
有些踉跄——
隔开人群
我能感到她健壮湿润。
我感到夜空深远而湛蓝。在那底下
是工厂的烟囱，米黄色河流、街区、零乱的摊位。
遍地狼藉的白昼的剩余物。
从船闸的气味缓缓升降的暮色中，
从她的背影，

　　大地弥漫出
　　一个叫人暗暗吃惊的春夜。

1996

印象：春天

从早晨到正午， 人是静静的水草，
阳光飞掠过迅逝的春天，
把她的五脏六腑，
热乎乎的身子， 拥在怀里。

街上阵风吹到沟里，
汽车深陷于公路上的白线。
油菜花紧贴车窗，
像一张薄纸——旅客用油腻的手指头搓揉。

随田野一起飞走的还有那只云雀。
在高远的深山， 大型游览车
在翠绿的空中震响。
马达轰鸣。 群山巍峨——

人的叫喊停在水里， 停在世上
一切水的、 女人的、 花朵的湿润处。
　　静静的臂弯， 拥抱
　　欢乐， 或哭泣。

1996

薄　雪

踏着人世的薄雪，
我要去遥远的地方。
有一个爱我的人
她会像雪花一样温存。

宿舍区的空地，
夜风一阵阵扑面吹来，
四周再没有什么，
比人的脚印更凄凉。

雪花的温存、晶莹，
和她落在人脸上
那阵疯癫，仿佛看不见的女性，
激动着我的心……

我在这皑皑风雪的路上，
闻着了夜的气息；
他像一个孤独的老人，
辗转于儿时的梦境。

啊！飞雪的美丽品质，
你那刺骨的严寒，
仿佛在述说，

述说我的命运……

踏着人世的薄雪，
我要去遥远的地方；
有一个爱我的人，
她会像雪花一样温存。

1996

仿歌德《浪游者之夜歌》

> 因为一个神
> 给每个人注定了
> 他的道路
> ——歌德

在寂静的树影下——
追忆者，请止步！
你的脚跨不进幽秘的枝柯
你的思索也不会留下印迹——

清风、晓露、枯草、宿禽……
这大自然的秘密
在人和神之间
划了一道贞洁的白线

月夜的桶壁，砖砌的死
和那上面阴湿的苔藓……
夜空像一根细细的绳索
吊住秋夜的深井里的水

哦，
世间惟见抚慰、惋惜、

惟见树影晃动,

和人在暗处——模糊的惊恐……

1996

霜降之诗

冬天来得远， 但它不在人们的脚步内
楼房因落日的崩溃而震颤
夜色中有谁跟跄了一下
他的身子
被雨水顿住
大地上的稻茬参差不齐
空气充满霜降时的钝响

节令越过衣橱里迅速枯萎的裙裾
和黄昏隐蔽着的哭泣
树叶宛如苍白的流星
划过市镇的长河
没有什么哀伤， 能够追赶得上天气——
  在早晨的霜寒中运行着的
  一列列隆隆作响的火车

1996

纪念沈从文

一个人推开他故居的门。
群山在蟋蟀声里入秋。
街两旁的石板地， 晾满
红辣椒。 月儿正圆
遗忘——旧时代的灯盏
照亮他的眼神；
执拗、 明亮……

一本书的封面被掩上： 《边城》 ——
在一段流星般的文字里， 孩子们
如翩飞的蝴蝶
栖息在石墙缝隙。
窗外， 沱河的水， 静静流淌
　　如磨损的笔尖
　　搁在长夜案头

1997

拂　晓

群山在露珠上皱缩
一只秧鸡穿过早晨的薄雾
亮开黎明的歌喉

月光残剩在蛙阵中
松针腐烂落下村子的暗影

田野之间有一种忧伤
有一种人的灵魂不便去打扰的寂静。

1997

风中的味道

风中有孤寂的味道
有早晨的大街上不愿醒来的灵魂的味道
有浓雾中的卡车，司机
在后面的翻斗下抽烟

风中有消逝了的哭泣
别离中亲人的身躯渐渐变得陌生
有说不清的言辞的味道——像是在
砸坏的电视机上搜寻图像

风中也有古老的雨水建筑
人们的脚步踩在上面
有坍塌的雪的庭院，去冬的梅
风中有一口不为人知的痛苦的井
少女们安静的旅行，因为
阳光耀眼而徒增伤感……

风中也有流浪者的味道
有飞过的雨燕身上沦丧的家园
有暴风雨前夕的麦子
建筑工地的味道：电石灰、水泥
灰浆和沙子——外地来的民工

在升降机前吆喝的味道

有遗忘的味道。 独居的味道。 自虐的味道
有一个人顿感懊悔时的味道
有罪犯被捕前的紧张
有恋人们互相寻觅、 眷念
有一名去图书馆查找资料的学者， 身上
渐渐衰老的味道
也有走廊尽头的神职人员。 身旁的著作
甜蜜的铅字……

风中有阴下来的云层的味道
有旧房子里木格花窗的味道
有书架上的书停止书写后的味道
有室内关闭了的白炽灯泡的味道
离去的客人在楼梯上停下——
一个挥之不去的痛苦念头……

1997
2018 年重改

漂泊之歌

——我愿做那夕阳下的玉蜀黍,
我愿我的一生是在无名村落间的漂泊;
我的墓碑是农家的土墙,
我的旅程是平原上迟暮的夜。
夜的钝击一次次掠过树丛,
月亮的光晕使得山岗燃烧起来。
翻耕过的田地现出悲哀的儿童的薯块,
在飘荡的牛铃声里生命一天天老去,
村外的少女像羊一样静默,
沐浴着阳光——我愿我的灵魂,
如她一样和善,
在午后寂静的树荫底,
驻足于人的贫困富足,
命运的归宿是如此偏远、清冷,
如此莫测;
它就像夕阳下的土块,被锄头击碎,
像那用土坯砌就的哭泣的墙,
或平原上的玉蜀黍,
在晚风里 "簌簌" 颤动——
是我在大地上永无尽头的漂泊……

没有食物， 没有亲人， 没有同伴，
天黑之前也听不到故乡传来的歌声

1998

长 江

这里
一滴水是我的出生地，
这里的水流
扩展到我全身，
每一寸肌肤都有无数的港湾、沉船；
锚链从我血管中"轧轧"升起，
带上江底的污泥——

岩石变成漩涡，
波涛深入梦境。岸上的吊臂
存放我久远年代里的呼喊——
渡轮离岸时的霜迹
染白了窗户

而夕阳像一只凝视着我的出生地的眼球，
在朦胧、水天一色的远方
慢慢剪断它身下的脐带……
（——痛苦的夜，涌向我的喉咙！）
　　周围蓝色的江面
　　像血一样喷涌出我不快的往昔，
　　我在陆地上的身世，
　　我古怪的童年。

1998

暮　晚

辽阔的寂静
有几公尺深
屋顶上孩子们的叫嚷，碰着星星
我坐在房子深处，没有亮灯
像一个懦弱的后代，眨了眨眼睛，大气不敢出一声——
继承下来父辈们的一切：黑暗、死亡、人性……
暮晚的蓝，仿佛堂屋墙壁上
高挂着的遗像

1998
2017 年重改

锡澄大运河

开春的气流在河上漂浮
柴油机马达的轰鸣劈开晨曦
从旧货栈码头掀开的苫布上天色破晓
　　长长的内陆货轮
　　拖来一夜春雨
隆隆春雷宛如运河两岸
浸泡了一整个冬季的北方木排，各种
油污、霜雪、船用垃圾、枯草的碎屑，
在一年之初的春天，向着下游漂去。

1998

古 谣
——车过富蕴县所见

在某处僻静的草场,
有一个哈萨克人的墓地,
一处落日的墓地。
一名士兵的最后归宿。

一匹马嘴里在咀嚼荒凉,
一头翱翔的苍鹰在沙漠边缘,
一双无头的羊羔在风雪中
鲜血淋漓地徘徊。

在某处僻静的草场,
一个月亮的墓地。
一名骑手孤零零的勇气
被葬在荒漠深处。

1999

青河县

　　（给卢一萍）

夜已完全黑下来，
我看不到我旅途的终点，
在我身体上，有一些白雪皑皑的景象，
无边的荒凉，慢慢
咬啮我的心。

村子里，无人看顾的马匹
仍在落雪的沟沿徜徉；
马匹下垂的腰身，勾勒出
贫穷和自由
灵巧的轮廓。

那一望无际的峰峦
月亮的面积已大过太阳。黑夜
秀美、孤寒；
雪的针在刺大地的盲眼，
在为我缝制新生的褟褓。

1999

妈妈的遗容

一天上午我叩开所在地派出所的大门
一名女警, 负责从户籍档案
找出并划去妈妈的姓名……
她楚楚动人
几乎像小镇的章子怡
从窗口接过那张死亡证明单时我突然
意识到她纤小手腕的未婚肉感——
她淡然一笑, 就像平静的江水, 波光粼粼
像连续数日的好天气
这名女警员白皙的手, 保养良好
在妈妈的遗容上面, "啪哒!" 一声盖下
大红的印章

2000
2013年重改

包公祠边

（赠杨键）

树木数着 "一、二、一……"
搀扶它幼小的儿女。
山中荒凉的小径，
宛如一颗中国心。

山脚下的湖泊
有一层柔和的白色，
仿佛大气中降下的，不是
朝霞威武的钟声，
　　而是上天的忠良、温顺……

2000

夏　日
　　——为夕清而作

一切在一个夏日里保存完好……
叶片上的童年。　梧桐树
微风的河滩
妈妈淘米时，　撒落一地
白花花的大米。
有人迎娶，　有人外出奔丧，
异乡的船只载来
阵雨扑打的黑夜之窗。
太阳下街坊们一片惋惜之声。
风从小巷里吹来
一名婴孩的哭喊——
我那时断时续的一生，　也在其中——
　　　在那声音的哽咽处
　　　清晰地显现。

2000

写于无名的册页

"夜深了……"
我想把这句话说给谁听——
但听的人已经睡了,已经不在,时辰已晚。

2001

五 月

在房子的僻静处，写着：会面。
在紫云英开花的田野，风吹过羞涩的黑发。
用远方，
用一本无名的诗集，她等着我——
用宿舍区上空微微黑下来的天空。
　　（当我徒劳地触摸）

2001

致　歉

原谅我
虽然我想不起来因为什么
虽然距今有十数年
（缓慢的别离在体内消蚀
你眩目的存在……）
　　可我仍会对你的爱犯下过失——

2001

蝴蝶与幼童

只有小孩可以模仿蝴蝶，
当他们脱开大人的手， 忽然
　　折向人行道的一侧——
　　他们蹒跚的身影中有一团
斑斓的纯真……
顷刻间， 周围的人群， 变成
花丛。
——每个人脸上都有由衷的笑容……
孩子却在一家商店橱窗颤巍巍的花萼上
停止了他的一路小跑。

2002

诗人的寿命

大清早， 我起来读诗
不知不觉， 把一小册诗集看完
我在鸟儿的啁啾声里， 翻了翻诗人生平
又在晨风习习中， 浏阅肖像
他的喉结瘦削地突起， 表情和蔼
有一张古罗马人的脸庞
但却有中亚俄国的出生地
他的一生
在纸上散发峻严的气息
他已笔直走近我
走向我命运的每一天， 每个角落——
　　但我从此明白： 诗人的寿命
　　不会超过一个早晨

2002

重 逢

我只有在这样的夜晚才和她相处——
屋子里空无一人……
居民区的声音尚没有平息
我手捧一本书， 随着
书的分量下沉
下沉至多年以前的相见……
夜色中——婴儿的啼哭
恍若最初相爱的心情。 房门
重重被合上
一个轻柔的身影向我走来
带着少女忧虑着的香气……
　　她挨近时的举止仿佛
　　逐渐盈眶的泪水……

2002

在婺源

在婺源， 雨是古老的农具，
镌刻在岩壁上湿漉漉的农家乐
沿山体下滑。
烧炭人的烟，
自乳白色的山腰冉冉上升，
一枚枚种子笔直射向
村头上千年的古樟

村落从牛鼻里穿过。
偶尔有一头未满周岁的小牛， 撒着欢
　　滑倒在田间青石上。

泥泞纵横，
溪流潺潺，
空无一人的旅行车窗， 凝视
长满了铁锈的孤独的田野。

2002

乡 土

我的所得
只是安安静静的乡土,
几本遭磨损的古籍; 三两个
春夜, 以及傍河的市井陋巷中
　暮晚的下雪天气。

2002

秋风吹遍

秋风在一株草叶上撼动了我
——突然之间，我感到压抑
我感到生命的黑暗
灿烂的阳光也不过是漫漫长夜
周围一切都暗下来
都俯伏在秋风下面，紧张地预备
在死亡中屈服
或在死亡中重生——
　　黯然无声的毁灭已吹遍每个人的脸颊

2002

妈　妈

我妈妈我从未想过她会死

我妈妈年轻时候可漂亮了！

她欢喜体面

脸圆圆。 平常不笑

像宋庆龄

笑起来， 又像——

圣母玛丽亚

她挽起袖管洗衣裳

在春天结实的水龙头底

旁边全是绿绿的树篱， 消融的残雪

我看见阳光和水花溅落在她白嫩的手臂上

甘冽的春风

　　　吹着母子俩的童年

　　　田野上油菜花开了

妈妈走路的影子里常有燕子在呢喃

2003

书

我可以用一本书自尽， 你相信吗？
像一本书， 封底朝上， 封皮在下
落上春天的窗台
刚刚几小时前， 几个时辰， 我读过它
我不记得了。
此刻它被抛下， 而即将到来的春夜
那美妙的春夜全蕴藏在未读的
未曾翻阅的书页上……世界离我远去， 无声无息
但我要死得和它一样 （雍容、 质朴）
我的死将如此质朴， 像一本凭空抛落的书
一双怅然若失的手
在渐渐来临的黑夜里，
瞪大美丽无言的眼睛。

2003

电话铃

诗人大部分时间不在人世
一杯茶， 茶杯是白色的
楼道有人说话
翻动报纸， 窗外的雨
像金属的钥匙圈在口袋
终于传来笑声， 终于
笑了
雨雾迷蒙， 提示着节令
春天在三月的大地上， 庄严地莅临
我听见电话铃响
诗人有时是一长串急促的电话铃响

2003

往　事

我曾在一间阴暗的旧宅
等女友下班回来
我烧了几样拿手的小菜
有她欢喜吃的小鱼、豆芽
我用新鲜的青椒
做呛口的佐料
放好了俩人的碗筷

可是——岁月流逝
周围的夜色抢在了亲爱的人的
脚步前面

如今
在那餐桌另一头
只剩下漫漫长夜
而我的手上还能闻到
砧板上的鱼腥气……
　　我赶紧别转过脸
　　　到厨房的水池，摸黑把手洗净

2003

出　现

她的洁净的出现……
当多年以后， 她又在我灵魂中
停留片刻——我正坐在车上
正在乘车
摇晃的大巴车厢， 从城区
一个圆形广场的水泥立交桥下
拐弯， 驶经。

2004

记 忆

风允许我在这样的记忆里停留:
一个下午, 她在骑车。
在没有人陪伴时遇到田野上的花开,
一股晴朗的大气吹得她歪歪斜斜。
她心里迷惘的爱, 使乡村平添了几分明净。
风让我径直走近她, 停留在她
璨然而笑
心花怒放的脸蛋上, 在那一刻。

2004

晨　曲

清晨， 鸟叫声音像是在讨论
我和她谁更早醒来，
谁更早想着对方， 想得多一点点，
喷薄而出的河水， 岸上的雾岚
像寂静的书房亮着一盏灯
昨晚临睡前忘了关上。

2004

死亡片刻

我走到陌生人中间
吃饱饭
在一家街头快餐店
在店门口
晒太阳， 听店堂后面的蒸汽
油锅吱吱响
十二月的寒流经过
我把头放到吃光了的餐盘上
在油腻的地砖地， 看了一会
两名穷人家的小孩， 亮晃晃
惬意地打闹
此地没有人认识我
　　我很好地享受了我的死亡

2004

一阵江风

这时候一阵轻风
吹向远处的青山、芦苇岸滩
江流汩汩,有时波平如镜——
我毕生的努力都在这股轻风里

2004

悲 歌

人生真苦啊!
我没想到会这么苦
雨不停地下……
我已不能够爱, 也不能够
不爱
(你心里面那张脸……)
哦, 雨雾白茫茫……
你刚被一个梦惊醒
我也刚从坟墓中坐起来
　　　噢! 爱情
　　　　一边是坟墓, 一边是摇篮!

2004

江水缓流

江水缓流着， 像老式三五牌台钟
我想起
大面积的劳作、 耕荒
一个人独自在旷野与其命运厮守
甚至监狱外墙的造型， 和那里面部队驻防式的
惨酷生存。 滔滔白浪
那些防波堤下的荒滩， 散发出的
依然是文字发明之前的
星空气息

江水缓流。 像妈妈的脚步
劳碌一生的妈妈时常冒着病痛
从县城里老式的棉纺厂后门
走在回家的路上

2004

日出之歌

白色醒来了
一个房间醒来了
大气中裹满霜寒的春
江面轮船的汽笛声
远方醒来了

树桠上有鸟儿啄醒的童年
死亡多年后，人尽可以在漫漫长夜尽头
享受一轮朝阳
这是清晨柔软的云层
这是门窗秘密的啁啾

在郊野，恋人们重逢
拨开脸庞的荆棘
沁凉，那一颗心饱受凌辱，醒来了
他们的手，他们彼此对对方不幸的温存
目不转睛醒来了

田埂上的马苋草醒来了
乡下灶膛里，去年腊月底的灶灰醒来了
我的一次访友，一次小树林之游醒来了
青春宛如深埋的半截墓碑

在途中——遭遇了荒草……

悲伤醒来了
一封信掉落在地， 无人拣拾
光线透射如同友人多年以前的叮嘱
黑色十字架， 柔软的木质
在其中 （一本抽象的书中） 醒来了……

我小时候
曾在一条故乡的小河边迎候， 滚滚潮水
层层波浪翻开的一页页书……
我在其中读到黑色和料峭， 读到黑色无人的钢琴
读到了 "晨曦" 这个字眼！

2004

一杯茶

——冬日序曲

我想中午就睡
但按理应该再等一会， 等阳光充足
午后。 房子安静
像小时候， 独自呆在没有人的天井
太阳晒着满墙的牵牛花藤
冬天来了， 可是天气一点也不冷
也不热， 总之凉凉的
绕经我头脑的记忆也凉凉的， 在一杯茶
和堆了半桌子的旧书、 太阳光之间
我无法克制， 那一阵瞌睡的愿望

只要我睡了， 我就变成了太阳光
柔柔地照着那堆不辨年代的旧书、 古籍
我看见一行汉字里讲述着古代巫术
一本旧的竖排书， 里面是翻译过来， 百多年前的
爱情诗
我还看见空的信笺、 方格稿纸
我不明白谁会在上面， 把记述
人类奥秘的字词填写
空气里， 正午的烟霭升腾。 有时我感觉

我的身体是一道霜迹
我做的梦，如郊外空空的田野

风呼号着。对于空的房子
这里存留有秘密的听觉
寂寞，人在将睡未睡时的寂寞
实在是一种满足
它们在大白天，弥漫在没有人去的地方
有些地方，比如我的房子，即使
人在里面，也像是不在，满满的
弥漫着空无一人时的惬意清静
因为梦已和冬天
和正午一起到达

桌子、纸、笔
有比人的身体更适宜的温度
我想加入它们的谈话，加入这场
漫长的姻缘
在书房的寒冷中，在角落的沙发
蜷缩着，把被子盖过头顶
不管外面寒冷的苍穹多么蓝，湛蓝
记忆中的童年多么悠远
我一生走的路，仿佛
都在这个冬天的早上化为安宁……

想睡觉了
却不忍心撇下窗外啼啭的鸟鸣

我知道我年轻岁月的一部分在那其中
我的心熨帖
在鸟儿飞翔中。 我曾爱得很好
就像最年幼的麻雀， 在高高的树梢
飞得更挨近一点阳光……
多么好！ 透射进来的空气阳光
甚至枕头沙发靠垫， 我脱下来的棉毛裤
内衣上， 都布满了这种无声的努力
鸟儿般洁净， 带着灵魂生长的轨迹——

梦粲然而至
和清醒， 和一个人的举步追赶
我喝茶， 我在思索——与此同时
我睡着了
抽着烟， 说着话， 享受这冬日近午的阳光
慢慢幻变成下午
我知道我会不再醒来， 在某些确定的时刻
确定的一天里
在快乐和纯洁
不为人知时

2004

一个平常的时刻

傍晚，我想对一个人说："哎，回来啦？"
我想听熟悉的开门声，然后是她
欢快的身影
半带疲倦，半带着蹦跳……
但那是十五年前，那已经是
多少年前的事情？
一模一样的天气、场景
甚至户外啼鸣的鸟儿，也像同一只鸟
　　一个平平常常的时刻
　　但我却永久失去了她

2004

宏　村

大清早， 我们走近静悄悄的遗忘
看一间乡村小学堂
黑板写满了字
樟树和杨树相互致敬， 树荫
摇曳。 老宅静止
游人们走在水的祠堂边
门前的老人以肃穆的表情
凝视不可知的记忆
烟熏火燎的高墙弄壁
有远古的战火倏忽不见。 一名
骑着青牛的牧童曾从这里走过
石板弄堂因此湿漉漉， 各种柴火
煤炉
贮存山里人气息
当他们和蔼地笑着， 样子谦和
整个上午都显得忠厚、 古朴
虽然空气残留月夜的清香
月亮就像一把叉草的杈子， 被扔在草垛上

2005

红色丝绸睡衣

门打开

阳台上风吹向另外的屋顶

在另一些街区有人仿佛熟悉

风把熟悉吹成陌生

渐渐地椅子上有了

人的重量

但屋子里似乎并没有人

正是下午，或许是

下午时分的深夜

街道上只有些脚印，辗转醒来

忘了归途，也想不起

来时的路

恍惚响起的小贩叫卖声

仿佛长夜尽头的路灯　一盏盏

排列向天明

这是夏天

我打开的是夏天的门，因为光亮

风有些炎热

但我在哪里？我在我一生中的

哪些日子？

风把黑黑的年龄吹来时房门有
"咣当" 细微的声响
但我听不见　我对声音没有知觉
是我的影子　也许是记忆中的
记忆　听见了
回想起来一些往事

门　直直的
长方形木门框　油漆斑驳
这是我一生中的第几次迁徙
昼夜间的第几通道？
我能够被赦免吗？
能够躲过这满天的晚霞　躲过夜吗？
当夜晚来临这门还是先前的门吗？
我现在打开它——夜也同时
被打开了吗？
夜，璀璨星空。河汉迢迢
生命如同寥落的星星　历历在目。

门和风
这事物秘密的本身，也是对生活
秘密的丈量
我们到达哪里　我们在哪一种薄薄
暮霭的纸上栖息？
因此房间　天气　记忆
都有心脏的气息

当我走进来　卧室　大厅

全空空如也
却空得如此微妙， 满怀着
奇迹降临时的印记
那奇迹　散发着食物的香气
因此我已不复存在
因此我曾经到达的地方　将永不再
到达。
时间在优美中　拒绝了更优美的
一些造访
那种人在树荫下走动时身影如微风
那些身影丁零当啷如花的往昔
我说的是一些不知名的脸庞
一些手势　眼睛　笑容——甚至
不出声的姓氏
——当岁月回眸一笑。

炎热。 门
静静敞开。 天空仿佛花园深处的过道
是那种儿时砖砌的
旧式私家甬道。

天空。
人身上儿时的创伤： 白云。

即使车间里喧哗的废铁屑
也散发出池塘春草的气息
有时， 人是倒着走路
人走在街上反向着身子。

打开的门

实际上是被紧闭。 人没记性

不可能拥有真切的记忆就像

他无法穿墙而过。

在相似的寂静中

我开门或关门

到达和离开

回想起我在这世上的日子

似乎喑哑

似乎很遗憾。

在一扇门上， 我触及了我的坟地

我知道我被埋葬过

我的爱， 也曾如闪电照耀

我曾以睡梦

奔跑过黑暗的人世　无惧

无畏

我曾撞在午夜过道的墙上。

我嘴里有星星的滋味

也曾跟一条大河上哗哗响的鬼魂

相遇。

这傍晚的门上　有我

少年时的踉跄　一道夕晖

替我留下了艰难

幼小的印记。

2005

晴　空

夏日一望无际
钻入幽暗的深谷
苍穹仿佛一句庄严的誓言
这誓言我年轻时听过
后来渐渐忘了

2005

肖　邦
——赠韩雪

我弹奏波兰的雪
村舍房顶上的炊烟
童年，浓雾弥漫
远方的牛哞。我从那浓雾中走来
弹奏少年的相思
纯洁、无瑕——这一切
在我难言的指间萦绕

我弹奏故乡田野上的秋风
树林枯瑟
看见一名离乡远去的人
我用这身影，捧读
爱的泪滴

我弹奏祖先的英武
骑在马背上奔赴远方的勇士
刺刀铿锵，黄昏时无奈地赴死
我用他们炮火中的骨骸
做成鲜花的声音

我的眼前腾起一缕

他们在炮火中血肉迸溅的青春
于是一支舞曲
古老的舞曲
经由声音的鲜花献上

点点烛光
斑斑泪痕
我的手指触摸到了故土的眼睑
那低垂下的伤痛

我继续我这颗钢琴的幽魂……
以生的风度
在死亡中
从容弹奏

我弹奏人世的无常
弹奏容颜的憔悴
我弹奏青春的无望
那皑皑雪地
少女的成长

2005

旧　居

阳光环绕着清晨
仿佛一口儿时的古井
枯黄的豆荚叶
院墙上的藤蔓

青石的井栏
使空气凉爽。　河水
"咿呀"　一声推开后院的竹篱
早起的河滩空无一人

在一个往年的天井
一条小巷深处
一间临河的旧瓦房
妈妈和我曾住在那里

2005

普哈丁墓园

春天
在一对跪伏的石羊体内
温暖着亡灵

在扬州
在普哈丁墓园
青草地上， 一对石羊的眼睛

静静望向远方
羊儿乖巧的小嘴
在湮没的风景里紧闭——

2005

爱

爱来了， 午夜也已临近
我们像两个掘墓人
偶尔在荒郊碰面， 互相
给对方壮胆， 赞美着死亡

2005

扬州的晚上

〔赠屠国平〕

我十四岁就应该在这里， 在此读书
为什么？ 这一阵风是这么好
这个夏天， 轻柔， 无可比拟
像一页书
一页古诗上残缺的诗句
类似的傍晚仿佛从未有过
我的心蹑手蹑脚， 想要
保守这一秘密
蝉鸣， 鸟声
古碑上的汉字
我现年四十四， 坐在扬州城外
渴望叫自己的心
再衰老上几百年

2005

雨，2005

雨落下来
我听见她的秀发的声音
就好像她在一间屋子里
挨我挨得很近……

突然——时隔数年
我明白了我的无辜：
我们之间没有结局
只有雨

2005
2008年重改

辑二
四分之三雨水

下雪天

下雪天
像爱的到来
风呼呼吹
墙檐上一层薄雪， 像她年轻时
可爱的伫立
傍晚天黑前， 这场雪
飘进我的家门：
灯光、 晕红、 清纯……
料峭的空气
如同一场幸福的会面
——她在我的家人面前
涨红着脸

2006

1月7日

我离那样的会面越来越近了
离一片冬日树林
离枯草，撒满阳光的树荫
一辆搁倒在草地的自行车
我的爱成长，长成她脸上的微笑
她在山间小径的亭亭玉立
长大到了离和她相见
　　只剩下两天
——啊，纯洁的两天！
我走到窗前，把脸
紧贴在她胸前

2006

一个县城的童年

我在晨雾中走
走过公路边灰白的农田
走过早晨的铁路桥
桥洞幽深。 桥下
一排幼小的白杨， 长长地
迈向湿漉漉的早春
仿佛这里曾埋葬过县城的童年
这里曾是一名乡村少年的坟地

2006

散　步
——赠杨键

我没有留下话语
不占席位
仅留下一份清晨的朦胧
一张童年小河的出生证

我的诗
是对林中小路的敬爱
对春天、 秋天
鸟鸣声久久的谛听……

我曾随一片草叶长大
甚至没见过海
　　　我散步经过乡间的坟地——
　　　那是我自己的坟地——

2007

牛

牛啃吃炊烟深处的食物
啃吃露湿的雾
有时它静静地伫立
眺望河岸上的薄岚

一名乡村的孩子高高跃起
推开了窗
没有什么能够和一头牛相处
除了这古老大地上的清晨

在一处寒冷的洼地
能听得见草根被咬断
听得见温暖的牛舌左试右探
舔吃到了霜

2007

除 夕

夜晚， 仿佛一颗露珠， 垂在村落上空
猪栏里
十三只小猪， 围着一头母猪， 哄抢奶汁
是一幅静谧星象图
户外， 北斗星勺高悬
新年照彻每个农户的心， 直至靠墙排放
各样农具上的黏土
金黄的稻柴
天黑得已经看不见炊烟
所有颜色里， 只有黑色和红色还活着
红色是农家房前的春联
黑色里有点蓝——丰富的深紫浅灰……
　　属于原野上如梦如幻的河流
　　属于冻土带骨节粗壮的田埂
　　属于天地间飒飒生长的灵魂！

2007

清　晨

清晨的脚步声
慢慢经过我童年的小屋
我还分辨不清男性和女性
还不太懂眼泪、 欢笑……

而人世的脚步庄严、 神秘
比晨风吹拂树叶
屋子角落尘封的竹笛
比鸟鸣声不知要好听多少——

就像芦苇被割时天色灰暗
灶柴灰慢慢烘焙一小粒白果
像久已存放的记忆
温暖， 熬过了黎明， 小小的死……

我在那脚步声里看见一张妈妈清新的脸
　　愈来愈年轻
　　愈来愈体面
　　更近， 更远——

2007

风
——写于褒河

风对我有养育之恩
风知晓大地尽头我的出生地
那儿一个不知名的村落
一片杂树林， 潺潺水流
久已被遗忘
除了尊重长者， 畏惧黑夜
风也对我深怀养育之恩
风——把我这颗贫瘠的种子
　　卷入丰饶的群山

2007

秋　耕

田野仿佛被薄雾擦拭过
黑夜像珍藏信物
保存一件圣器一样
把村庄揽入怀中

周围蜿蜒的田埂
是捆牢这件圣物的绳索
十一月初冬的大地
吐出秋耕后第一口呼吸

2007

如　意

虽然我长大了， 我的童年还在
每一次熄灯， 入眠
我重又在黑暗中
挨近儿时称心的睡眠
边上糊了报纸的板壁
油灯， 稻柴草
以及灯光的暗影中放大了数倍
白天听来的 《三国志》……
世界如此古老。 英雄们仍在旷野中
擂鼓厮杀， 列队出阵
长夜如同一面猎猎作响的战旗
战旗之下， 是我年幼而骄傲的
童年。 姆妈用嘴唇拭了拭
我额角的体温

2007
2010 年重改

音　乐

我抱着吉他。 没有弹
想起一些人和事
一些数字
旧的会面
流逝的片断……
所有这些， 比我可能弹奏的
音乐， 更像是音乐
这是灵魂庞大的出席：
你十九岁， 脸上有着
　　初涉人世的羞赧——

2008
2010 年重改

檐 雨

雨在字里行间， 安慰我
轻合上我手里的书
一个温暖的夜， 心
紧偎着雨声

万物在黑暗中潜行
树木、 远方
悄然回到我身边
没有人看得见这秘密的轨迹

啊， 悲伤！
对于一名爱情真挚的人
被爱所抛弃是多么珍贵
多么甜蜜的体验！

我一个人
静悄悄地睡下
我在人世的动静
不会比一滴檐雨更大

哦， 万物
我是先爱上你， 然后才爱上了那个女人
如今你又回来， 来迎候

一个迷途的游子

我的灵魂泛起一阵阵的涟漪
我如同乡野的荷叶， 池塘的莲藕
浑身湿漉漉地闪烁
秘密到不为人知的快活……

我如同中弹身亡的士兵
那粒子弹却打在了他的体外
夜间的雨
思路敏捷

——雨啊！
不断地把童年的屋檐
把水乡翘檐下弄堂的深黑
递给我的雨！

2008

凄苦的一见

我眼里藏着凄苦的一见
藏着你十九岁的骄傲
从未被人碰过的脸蛋， 闪过一抹
渴望被碰的红润……

你的体面里有朔风阵阵
有寒夜冻土带的荒凉料峭
你仿佛是那苍白乡土的年轻
不！ 是那苍白本身——

你甜甜一笑， 转身消失
周围是长长的， 地球阴暗的墙弄……
　　你那忧伤多汁的出现
　　照耀我在尘世的湮没

2008

郎　溪

飞掠过长途汽车脏污的车窗外的
是一整部中国乡村的传奇
油菜花星星点点，村庄
河流星星点点……

传奇的老农
依然伛偻在传奇的耕牛后头
正午，在一道土墙跟前
刷写着上世纪的标语——

此刻，旅客身子底下
座椅像土地的心，扑扑跳动
车厢闷热的空气
正是我祖国的气味——

江苏省，山东省，浙江省……
但在午后清醒的一刻
我所看见的，却分明是
一个名叫"郎溪"的县城

2008

车过柳园

清晨火车停靠柳园
停车六分
十年前一对相爱的人
途经此地
已了无印迹
周围浅黑的沙碛
一望无际的戈壁
爱情的荒凉夺眶而出
爱情,一定比这辽阔的荒凉
更辽阔,空气更清新
天空幼小晶莹
往事缓缓离站
一列火车正孤零零穿越
这爱情的戈壁滩

2009

咸萝卜干
　　——贺岁诗

只要有咸菜吃

人就不怕没有童年，不怕没力气

没有记性——只要有

天黑。生老病死。难挨的年关

……江南在苦难里浸泡着

水乡石桥、弄堂戏馆

冬天涩涩的阳光

涩涩的雾——

旅行是一滴泪

不易察觉的泪

在车站　（而车站也是这城市溢出的辛酸——）

　　地图、城乡交通图也是

2009

林中路

在一个早晨， 树林起风

由于在室内
隔着阳台， 我听不到风声

遗憾
我感到我已在林中漫步了很久

整晚
我的床是被我自己踩过的枯枝败叶
一阵风吹过我的所见

我是我自己的发光物
再也没有比一棵树更加柔软的拥抱更加结实的期待了

没有一种黑暗
堪比树的黑暗

它们对自己所拥抱者
视而不见

树身有一种盲人式的安宁
清晨， 这安宁显得明亮

十足充沛的安宁

迟疑片刻。终于明白

从树身上跌出一个个波浪
仿佛它们从前是海洋

一名水手在航行中所习得的
一名诗人在林中亦可收获

2010

冬 至

一无遮拦的寒冷
冬天的阳光到站
人民医院到了
一位老人到站
试了两次， 没能从座椅上站起来

阳光， 桥栏杆上的阳光
白墙上的阳光
过道扶手的阳光
手机铃声里的阳光
春申中学到了

在寒冷中
行人站成春天的模样
个个都像小学生
好学、 凄惶
离开时自动排成一行

2010

新凉州词

他们在风声峭寒中留下无名的事迹
他们是雪地上的酒徒
酒醒后造反，化缘、出家、拍曲
一名刺客混迹人群
隐居炼丹，吃药
与神鬼对话
泼墨
一部中国史乃是一部人类佯狂史
没有女人。尽是程咬金
七步成诗的钟馗，口衔桃木宝剑
不是男人了但一定跻身大丈夫行列
一定会出海，下跪，听海浪宣读
皇帝的圣旨
晚年一定披头散发
腰上系一根草绳，变成1967年的熊十力
黄河流着男人的泪
蜿蜒于落日的方向
落日正赴京城赶考，北方的旷野
让人心醉神迷。黑夜之后的仕途
一道永恒的考题
这才有了《桃花扇》《杜十娘》

有了 "谁家玉笛暗飞声"

有了江南丝竹, 十番锣鼓

安西鼓乐, 骥中吹歌……

我不知道这一行诗该怎样辛酸

有了张大千的 《倩女幽魂》

让年轻的女孩多了些怅然, 多了现代感

  雨, 我国最早的拨弦乐器

   也有了唐代张籍的 《凉州词》

2010

献给二战时期中国远征军

这些名字全都刻在石碑上

长满青苔的笔画

全都年轻、骄横

不可思议那大雨中的脸。头戴盔帽

帽沿覆挂树叶藤蔓

携带步枪的准星穿越丛林生死线

雨中，遭遇敌军时的面孔

无法想象的书生气

闪电般俊俏、白皙

他们早餐吃一只禽鸟蛋

他们的作战线路图丢弃在湄公河两岸

天快亮时

在死亡中沉着行进

至今那片名为"野人山"的原始森林还在

参天大树，乱哄哄的旅游景区

山间石缝游走的蜥蜴

铭记他们当年的血迹

他们用于替机枪降温的愤怒的尿液

噢野兽的名字！

噢食人蚁的身子！

一支射出的箭
身上锈蚀的汗味!

2010

格聂神山远眺

出自黑暗之口的歌曲
是黑暗的群山：
丹巴、 理塘、 德格、 稻城。
青藏高原深夜的璀璨：
桑堆河谷，
辽阔的人家。

寒冷旅行大巴
一头撞向遗忘
——司机关闭上古老的车门。
宇宙， 犹如驶出山口的解放牌卡车
叽嘎响， 车身拖着

苍山残阳喷吐的尾气
这令人眩晕的血红色。 此刻
在藏民山脚下，
　　一匹马慢慢地离开雪山。
　　一匹黑马。

2010

格聂：藏语，意为"一个佛的佛像"。

云　影

树在帮你呼吸
不被打扰地做完你的梦。 河流、 白云也是
清早， 当你碰见一个好天气
你能从静静伫立的树身上
感觉到天色湛蓝， 云影何等欢畅！
　　我们大家， 我们全体
　　　都被托在一枚树叶那么温凉
　　　秋天的掌心

2010

一首波兰诗

做树上的鸣蝉

做一名黄昏的读者

读一名已故波兰女诗人的诗作

仿佛在读她绯红的脸蛋

读她在钢琴前侧坐

夜色弥漫进已被夷为平地的

沙龙的门厅

我眼前的天空， 如一页神秘的手稿

她写给后世的那册诗集

化作树林里的鸣蝉声

细细听， 你能听出一连串

少女庄重的涟漪

而她白色的慌乱， 正起身离开

十九世纪的一朵火烧云

树林的清新

雨后夏日之清新

刚散开发辫， 习诗的

少女身体之清新

未被触及的黑白象牙琴键

留给世人一个均匀、浑圆
一首诗的窈窕的背影……

2010

被风压倒的树

被风压倒的树多么像一间童年的小屋
像妈妈低着头在雨中走路
清晨， 这树在阳光下闪烁
持续一整夜的风暴
此刻已平息

我曾小鸟般逃出生天
我曾有过林间秘密的生活
妈妈和我， 像枝叶飞舞
　　像树林起风之前
　　片刻的凋零

2010

安东·契诃夫的早晨

房间像是有谁来过了
晨雾白茫茫， 一本严肃的书
弄堂口溜出一名小男孩， 年代不详
在他玩耍的年龄， 遭遇了
城里颓圮了的图书馆

有谁留下了思索
留下了童年的惊奇
我房子里仿佛没有时钟
只有幼年时阅读
一名俄国作家的往事

我头顶上是
十二月寒风的呼号
他不再耐读， 不再愁闷
他只身去往白雪皑皑的海边
他于翌日到达遥远东方的苦役营

2010

探访之诗

我，等同于一个夜晚，一个黄昏
等同于期待的脚步声从未到达
走廊的安静和房间安静
等同于一把古琴
一把淡棕黄色
古老西班牙吉他
等同于那名弹琴者
指间名贵的象牙拨片
等同于一场雨
演奏结束以后
清晰、精湛的寂静……
生命，那从中打开的门和关闭的
门，是同一扇门
我也等同于苍白，淡淡灯光
等同于她前来探访
乘坐的电梯的孤寂
那孤寂仿佛深陷在宇宙荒凉中
没人知道在一颗星和另一颗星之间
爱如何生还
她渐渐靠近
我——一个命运者——坐在房间里

2011

雨天读艾米莉·狄金森

雨中走远的一辆小车， 亮着灯
使我想起艾米莉·狄金森
她把诗稿塞进读者看不见的抽屉
用秘密小挂锁， 锁住黑暗
多产时一年366首
汇入雨天的
忧伤的眼睛流出一张旧相片
我褪色的肖像看不清车牌号
一阵风窸窣递出一只深闺的手
每段文字晶莹剔透
她用英语写作
（文学偶像是华兹华斯， 骚塞）
像草木丰沛的这个早晨， 亮着 《圣经》
故事的灯
行驶在空旷大马路， 在从天而降的雨中——

2011

划火柴

我为童年划一根火柴
那划亮了的小小午夜
像妈妈的眼睛　注视
我和世界之间
古老的默契

2011

长江和运河

清晨我乘公交车
经过一座旭日中的大桥
桥的左面： 冬日长江
右首： 古老， 被薄雾和霜降缠绕的运河……

痛苦而变形的河道
脸上画满水的童年
仿佛时空深深的隧道， 突然显出
比河水更古老的黑夜穹顶！

我生长在这里
我的全身遍布水的痛楚
如同一滴水凝视其他的万千水滴
我凝视车窗外这片故土——

桥下旧城的废墟
呼啸的寒风仿佛给它抹了一层糖霜
伫立在断墙残屋间的推土机
这迟到的玩具， 令不复存在的孩童窃喜！

奴隶身上， 水流的铁索下降到零度
囚徒想赞美囚窗外的蓝天
他一定看见了不该看见的燕子

他的心情大致和我相仿

我在座椅上
全身的阳光震烁古今
此刻， 我活在一种机械的速度中
乖乖听命于周围景物——

我像围城时， 全身中箭的士兵
血污的伤口迸溅出
江阴、 暨阳、 澄江：
1645、 1860、 1937……

忧伤发白的河
几乎冻住的童年记忆
染着一层淡淡朝霞
我疾驶而去但无法动弹——

2011

抵达嵊山岛

这岛上没有一架钢琴
出海的渔船，有过音乐的企图
但绕经孤零零的海岬时
遭遇了大团乌云

太阳不似舞台追光
像剧院落成之前全岛散落的穹顶
每年的台风携带东京爱乐乐队，芝加哥交响乐团
或顶尖的已逝的卡拉扬

来到岛上，海洋
像停机坪上白色金属的舷梯
乘客过安检时
抓住发烫的乐谱纸……

轮船码头一片混乱。闪电、泪水、黑暗……
街道像起火的中世纪古堡
死去多年的亲人们
突然在白昼生还

曾经的海盗们，曾经的歌唱家
曾经的妓女，出落成如花似玉或小家碧玉
经历了海浪汹涌，每个人

临终时都憎恨他脸上的咸——

岛屿闪闪发亮
像一段授奖词， 被三种以上洋流：
台湾暖流。 黄海冷水团。 长江径流裹挟
仿佛节日的舞台， 被鲜花掌声簇拥

东面的悬崖， 叫"满嘴头"……
我们到达时， 灯塔
正在演奏莫扎特的长笛协奏曲
中间最平静的行板

我们全体和我个人……
一个人到了海上， 很难分辨得清他和其他人
有何区别， 此刻和往昔， 夜与昼
生与死

肖邦。 肖斯塔科维奇。 契诃夫
冼星海。 舒伯特。 巴赫……
大海碧波荡漾
步入庄严演奏大厅

如梦如幻的回忆
似笑似哭的海浪
没有小提琴， 没有竖琴。 甚至
没有一把流落街头的二胡

2011

康斯坦丁的一生

他人的一生也可以是我的一生
卫生间也可以是休耕的田地。 是试衣间
开水烧开的声音
也可能是初春
1894年， 康斯坦丁·伽内特把蹒跚学步的孩子
留给丈夫照料， 独自前往俄罗斯
游历， 这正是
毫无疑问是我的一生

2011

晚年何其芳

在他死之前一年
他去琉璃厂买书
专挑那些旧书铺
肩扛一把雨伞
他把买好的书
用绳子捆扎
挂在雨伞两头
撑着矮胖的病体
一路挑去西单
路上桃花开了
远远地能望见北海的白塔
这名临终的老头
逗得北京城里许多人发笑：
书越来越重
老头越来越累
喘着粗气
在地上蹲一会——
  很多书都是外文书
  但却淌下线装的眼泪
  很多书都跟诗有关
  但惟独不见那册薄薄的 《预言》

2011

《鲁拜集》原稿①

这些古代莎草纸的稿本遇上了海水

出自沙漠瀚海口中的话语

遭遇到了一片尖叫

真正的海水无风、无沙、无烈日沙尘

黑暗中害怕的一行行

正倒下。 诗的抽象价值

被撞白色惨淡的冰山

《鲁拜集》

中国人译成 《柔巴依集》

是中古时代东方人的情色

记载。 睿智而渊博

它们在大海中朗朗上口

它们在深海底熠熠生辉

真正的诗歌无助、无字、无声无息

长夜中已经没有时间道别了

排水量为六万六千吨级的诗集

三个螺旋桨的庄严韵脚

---

① 1912年4月15日，著名的"泰坦尼克号"邮轮在横渡大西洋途中，意外撞上冰山而沉没。邮轮搭载的货物中，包括一本价值连城的《鲁拜集》原稿。

最高航速达二十四至二十五节
这古老东方前往纽约的处女航
从此葬身鱼腹
可见对于一望无垠的海洋
人类根本不存在什么"不沉之船"
依靠它们雍容别致的措辞
依靠它们永远新奇的优美
（甚至连乘客的狗也雍容华贵）
  是轮船，就有可能快速下沉
  是诗，就一定在阴暗里抱作一团

2012

蜜蜂颂

向岁月致意
为此我需要一只蜜蜂

沿失去了的天窗旧瓦
沿房梁上缠绵的蛛丝
钻研一缕光线
我需要群山之中
一片四月的菜花黄

另一个我出门远行
在床上听电话
在农家旅店拧开清晨：
山里阳光的水龙头——
为此我需要一只蜜蜂
一小团灵魂的嗡吟

2012

雨中曲

我在黄昏时到达

在另一个地方回想

边回想边到达

淋着雨

雨是真实的

我乘的车, 桌子、椅子

我到达时的眼神

是真的

我听见了雨声。听见

自己在世上到达的声音

与你见面

这一切在我生命中

有如珍贵的童年

有如屋顶的微尘

我曾亲见这一奇迹

我曾在遥远的地方

在遥远的年代

与你拥抱

(哦! 那到达的心跳、体温……)

曾在一个落雨的黄昏

在雨中到达

2012

切好的萝卜

切好的萝卜在案板上
白生生堆成堆
准备放在骨头汤里
在我爱情的厨房
排骨刚刚炖好了
佐料、 碗筷已齐备

今晚她可能很晚回家
不, 我不看时间!
在我虚度的一生中有过一个寒冷冬夜
一只热扑碌碌的砂锅
我美味的忧伤, 曾是
辣椒映衬下一款切好的萝卜

2012

如此人生（风继续吹）

　　……这些书籍是我与陆地的唯一联系。"

　　　　　　——儒勒·凡尔纳《海底两万里》

从前，我是一阵风

风再次吹来

海浪卷起，犹如石窟中

修行者蜷起他身体的格言

沿着南太平洋或大西洋

长长的海岸线

我思考或独处

时而熄灭时而发光

由于正确，我头顶的天体永远错误

我连一根树枝也不能纠正

在士兵们射出的如此多的箭矢或枪弹中

我连一次射击也改变不了

不同年龄、不同时代的死者

它们全都命中

风从旷野吹过

杀戮越来越高效、整肃

留给鼹鼠们的蒿茅

愈长愈密……

我的名字， 像您从未拿起的一本书一样重

像十六世纪的无信仰问题

像十九世纪的食客

像八点零七分的火车

一个革命者的回忆录

沿着狮子的踪迹

把这页注定尘封的纸搁到星空的搁板——搁到星空里

仿佛一张被视为疾病前兆的年轻人的脸

没有比死囚在暗夜的因牢

凝视到的一颗星星

更让人心满意足的了

这里是傲慢的东方

也是擅长荒岛游戏的西方

是火光中的亚历山大城，

同时也是圆柱形被平行直角的矩形

所替代的古代东京 （开封）

记住： 我静默如风

在黑暗中我不是盘膝而坐， 而是膝不着席。 蹲着

2012

火

爱情和天色在一起

和天空，暮色，晨昏

早晚一屋子的书

有时安静得好像睡死过去

有时尖锐，喧嚣

仿佛一名考古学家

面对各种碎片，出土器皿

而我的身体

是一堆旧时代书信

是汉字中间，人们

称之为书法的练习

一遍遍地抄写你的面容

临摹你初见时的任性

走路的线条，墨渍……

有时，从你身上

回到史前洞窟，意识到全然的

恐惧，热情，光亮

试图在你的个性上

擦出火苗，瞪视

这掌心合拢的肌肤相亲

耀眼离奇的温暖……

2013

清晨的江面

如果你出门， 你就是霞光
你就是夜在甲板上卸下湿漉漉的浪
岸滩上芦苇青青
你是那微风的乘客

轮船波光粼粼
锈蚀的锚链垂落江天一色
你是那嘈杂微醺的晨雾
自远方升起

——如果你出门， 你就是清晨的江面

2013

薇依肖像

很多空白页

很多被遗忘的哲思

或黄昏的奇思妙想

从死亡的栅栏那边转过来

眼神里洋溢青春

如同刚刚被吻

嘴唇娇憨， 丝毫不掩

秀丽的下巴

这一刻： 1921， 巴登—巴登

回忆这张唱片被打碎

一名人类痛苦的沉思者

刚刚萌芽， 被聆听

在她黑发遮掩的耳际

显示出神学的大方， 深邃

仿佛爱情

仿佛一桩体面的婚事

要愉快地转过身子

从子夜的舞会退场

姑娘沉静的脖子

被摄影师不必要的谨严

抓住， 牢牢抓住

以便后世的人一次次忍受
美的饥饿。 忍受
茫茫黑夜中的
一名读者
一名作者

2013

十一点钟出门

十一点钟出门。 是的
冬天， 电梯门铃"丁零！ "
整幢大楼听见， 观望
通过我的身体
购物袋窸窸窣窣
外面的宇宙和房间的宇宙似乎切割开
我的爱， 我身上的气息跟着出门
到另一条街， 另一个未知星球
完全陌生的生活
我们竟如此相熟
钟表上的指针准确指向时间
十一点钟出门
钢琴、 火山、 环绕陆地的大海
都已齐备
出门之前她并不迷失， 并不悲伤
而出门之后分离的两个人
各自呼吸适量的空虚
一阵冷风跟着出门
我昨夜翻过的书页跟着出门
那些话语片断情节跟着进电梯
手的片断

脸庞的片断

目光的片断

身体上的情欲和热望关闭电梯门

如此私密的感情有一个

红色按钮

我的眼睛看着已经出门仿佛永久消失的她

如同荒谬的命运在某处看着我

完整而清晰

2013

陌生者监狱

我们常在书中读到这样的话
"……他的一生过得很艰难。"
谁也不知道这句话后面
藏着什么
什么街道什么风雨
一列火车穿越森林。 某种东西
像人的会面或车窗飞掠
扑面而过
不真实的文字
不能带给我们真切、 童年刺刀一样的
锃亮回忆。 淙淙、 切切的溪流
无法回到流亡者的山谷
那天气也
像张蹩脚书桌
一个人的囚室里， 永远只有半截
人影
积雪的窗台曝光不足。 后世
不够柔软。 比喻像数据
完全失真
当他独自仆倒在沙漠瀚海
他身体的瘦骨伶仃的马头琴或热瓦甫

热泪响起

"这一生……"火车嘶鸣着

穿过山谷

但是在没有火车的年代

森林面积更大， 水流愈急

一颗干枯的心， 像蝴蝶翅膀般

瑟瑟表白

比当世更不需要音乐诗歌

人们对节奏音普遍麻木

日本人押着瞎子阿炳走进宪兵队大院时

小泽征尔正准备下跪

因为他看见了一座尘世的监狱

没有灵魂和生路， 四周布满黑眼圈和铁蒺藜

一天早晨， 我坐在我的

陌生人监狱中

（"监狱， 被称之为他第二个家……"）

用清凉晨风， 记录下上述想法

或许， 这些文字是可折叠的纸条

或许， 恋人们的目光最先注意到

而鸽子的眼睛： 远方

正热泪流淌

2014

网　兜

事物从我手中消失，　纷飞如雨
生活
是一个比我的旅行更大的戈壁
道路和烽火台
长城遗址。　童年的网兜
星期天打过的台球纷纷落下
来不及拥抱的拥抱
在早已消失的亲吻中亲吻
街上的电车
触碰秋天的梧桐叶
驶入四十年前
弄堂里的煤炉依旧冒着烟
灵魂是那个清晨
地上堆的柴火
锈蚀的寻访。　外滩，　十六铺码头
灵魂甚至是江面上轮船的汽笛
是一人出乐器店
另一个进入
唱片内含的鼓点。　黑人女歌星
嘶哑的前世
我的一生见证生命庞大的消逝

犹如汉字遭遇简体

而中文见证英文

默片时代的字幕、画外音

丘岳峰和孙道临

《王子复仇记》

镌刻在悬崖的闪电

底下苏格兰的村庄

一个比我的自我内省更大的忧伤

来到我生活中

1999年的喀什，2006年的

江西省。我独自乘车离开

好像溪流从半开的车窗

流入杜鹃花丛

老式五斗橱和穿衣镜，床架子

帐钩。抽屉里的检讨书

在吃饭的点上，忘了所有菜肴

一个人站在街头，又有何用？

他不能仅靠站立

给自己加餐

童年时候，有一天我

终于拥有一只精致、称心的网兜

放什么都行，带在身上

好像一个能够把自己方便携带的

口袋

在我眼里，人人都有属于自己的网兜

妈妈上班路上的饭盒

父亲跑供销出差去外地

菜市场，百货商店，合作社

河边淘米洗菜的码头

地头长的瓜果

拖拉机进城时上桥，桥上桥下

整个县城像一只网兜

装满各式人生

每当数九寒天，河上积雪的乌篷船

多么像网兜里的萝卜、冻豆腐

静静码放过年食品

而在悬挂房檐的猪头、腊肠之外

古老的年关，伴随

静静的落雪降临

冬天更像一只穷人家的网兜

（一个四十年前的行人

正误入人群，踏雪前行……）

而这一切消逝、结束

从我记忆的网兜里

我遗落了我的童年

金色的街道。邻里百姓

生平、年代、脾性、好恶

我遗落了我身体里的闪电

我再不能用我的灵魂

出门遇见漫天风雪

地球的万有引力中

妈妈手上的那只网兜

分量
再不可能， 勒进
我的手指

2014

初　秋

清晨，　小鸟仿佛在抖落身上的冰碴儿
但这只是九月
在我的窗外
冬天还很远

我一时怔忡：　或许
我也是某个晶亮发光体
是飞鸟恐怖梦境的
模糊光斑？

树林岑寂无声
大海岑寂无声
白白的晨雾，　如同雪花飞旋
树林上方，　太阳稳稳高悬

2014

大　理

（银箔泉歌）

风从洱海吹来
街道已被一对情人
彼此的寻觅磨损

碎银般的树林。 旅舍床架子
吱嘎响
体形斑斓的花季少女， 沿滇藏线直下
在一个干燥多风的
午后， 来到大理
在人民路上， 她看到其中的一个是她自己
她看到记忆的橱窗， 里面陈列有陌生
背包客， 皱裂发黑的喜悦
在高原的心跳处
背靠居民的石墙， 停下
扎染的心情， 各种小摆件
耳环叮当， 如远方
积雪的山脊

这一刻， 青春是一笔花光了的古老盘缠
沿途兑换的缅币、 泰铢
大殿格子门中间的窗壁

雕刻有白兔春药、金鸡啼晓和
宇宙万物图
这一刻，她累了
她的眼眸里有古南诏国的忧伤

……我看见她坐在街边上
不，是蜷缩!
仿佛她的身子
是露天可折叠的家
　　在她流浪的膝下
　　云南，是一小块摊开的头巾

2014

洗 碗

五岁那年
到河滩上洗碗
中午， 码头一片寂静
一只只碗
又白又亮， 河水映着
瓷壁上的青花
多年以后
码头汩汩的波光
河水古老的图案我还记得
只有一次， 我想明白了：
那天中午
远近多少公里的水乡村庄
秋天来了。 秋风乍起
秋水漫过了一名孩子的心灵

2014

黄　河

黄河流过一个周代墓室

黄河眼睛浑浊地睁开

几千年的黑暗

是几千年的歌声

一柄青铜的河岸

村庄被砍断

几天来，锈蚀的庄稼堆满

河南的高地，河北的陕西

幻影般的性器

黄河弥漫的谷物

仿佛先人逝去的鲜血

黄河流过不确定的姓氏

流过人物考古拓片

可疑的伤疤　（但不是致命伤）

流过铁桥上人影幢幢的黄昏

清晨流到黑夜

骸骨流到心跳

脚趾流到前额

一个地图上没有的分界

一个名片里失踪的头

呼啸着醒来

滞重地睡去

在古代，黄河已睡过了头

今天，黄河再次睡去

人口千余的小村子

穿村而过的土城墙

K代表"坑"

M代表"墓"……

工作人员蹲在河边，尝了尝

河水有西周晚期

和东周早期味

炭化的棺木，试图跃过龙门

重叠的泥沙，在流浪中一层层金黄

想当初：出嫁的公主，遭遇到

狂风沙

但也早已渡过了河

随身金器却保留了镂空错金

当晚河面的惊涛骇浪

已被锁进保险箱

而黄河的保险箱一样的水继续流

流着它的西北蒙古的皱褶

流着它的几何曲线

被犯人撕扯的1966年的棉线

也流着政治

流着空罐泥垢的指甲印

大风中

冰川一样流

泥灰一样流

岷县旧城一样流

白龙江一样流

迭部或铁布一样流

白河， 渭河， 长江……

在它身边

几千年的黑暗

是几千年的热血

千乘坐骑。 车马坑。 食器

一堆土一堆土地流

无法还原的男儿本色似的流

下端鼓壁与上端不能固定和相连接地流

巨片状的河面

落日已成粉状， 形如

酒壶

河水， 宛似坍塌产生的压力

将礼器推倒

成堆的西南角的神圣

和东北一轮皓月

如同摆放在一个平面上

灵魂已历经坍塌

积满淤泥

但河水直捣敌国的心脏

水流攻城掠地， 继续行进

铁丝网外， 警察荷枪实弹

铁丝网内， 保安来回逡巡

……此刻， 在流逝中
我的未曾被发掘的心
突然英俊地跳出

2014

南京城公祭

在同一时刻死有很多种
过多的行李，死于呛人的烟尘
年轻而俊俏，死于炮弹从天而降
尸体溅落冰寒江水，死于夜黑
死于白茫茫江面，不见一艘渡船
刺刀挑开的城门洞，死于古都
吊滞的眼神：流弹、砖瓦碎石
坦克履带掀起战壕
一只精致的皮箱
死于主人被遗弃的肺腑
各种债券和银元，纷纷扬扬
被漫天飞雪掩埋
川军口音、广西口音、东北人长相
机枪手指头上的厚茧
军官过度的白净
挹江门和中央门之间
不能传达的作战令
城南和城北，阴阳相隔
死于一辆美军吉普车
死于教会秘密的庇护
也死于街巷弄堂的破败阴森

没有路。 没有同伴。 没有泪水
一名突围而出的士兵
突然张口说出的异乡
他在黑沉沉的长江边
停伫
这时候有更多的人， 死于西南方向
死于东北角的夜空和大火
灵魂噼噼啪啪
生还者零落——在同一日子
死亡很多种： 仓惶、 凄然……
其中一种隶属南京城内的平民
平头百姓难以计数地弃家逃命
最终， 死于大雪没日没夜
  或人类文明在泥泞和冰碴儿没膝的
  深夜里的回忆

2014

我的早晨

我的早晨，很多人都来过了
华彦钧先生来过了
冯文炳（废名）来过了
卖宝刀的杨志来过了，站在桥头
画荷花的来过了
管平湖、查慎行来过了
腋下抱着一架琴
嵇康打铁，歇脚街头
昨晚落日前，张果老倒骑着毛驴
上黄山，经过桃花井
一颗流星划落
苏东坡被贬黄州

热闹的街坊邻里
同一条街上。出门，进院子
跟我们站成一个遥远的距离
门前专渚巷
走过京城名妓陈圆圆
八指头陀，自幼读书甚少
刘铁云，杨仁山
几十盆奇花异卉，罗列塔下

察院弄里有人唱评弹，有人
说书，开讲
茶馆门前进进出出。冬雪凌乱
爱情凄婉

被砍头的叛匪来过了
血淋淋的木囚车，尽着孝，胸前
绣一条龙。
游历苏州文庙的芥川龙之介来过了
他遇见穷看门人，和一个麻脸的
十岁女孩
印光和西施来过了
睁眼看世界的罗素先生
从这里坐船去了武汉
奥登。衣修午德。海明威
不同年份的还有荷兰和丹麦人
修女，水手，摇滚歌星

在一个早晨
旅馆跑堂的过来喊："巴苦、巴苦……"
巴苦是吃梦的兽啊
欧阳修造平山堂，从我们街上
采购膳食。半山腰望出去
江上无数的帆船，其中
挂英国国旗的一艘双桅船，正和浊浪搏斗
德顺居，蒋有居的小笼包。
皮薄，馅大

从何竟武家出来， 徐志摩搭乘的是
京平线之济南号
可是机身着火。 战争来了
战争去了。 杨杏佛题写挽联
飞机驾驶员名字叫： 王贯一

《晨报副镌》
张贴在街角报刊栏， 报纸湿湿的
露水浸过了
各种手艺人都来过我的早晨
钟子期和俞伯牙
被拆的旧城墙， 乡下读书人， 仍在
赴京赶考。 他和他的小书童
跨过一堆断垣残壁
张默君的哭与笑
蔡元培与刘开渠
四诗人游城西联句。 途中停留
吃卤蛋、 糖藕粥， 扬州干丝一盘

断了指的黄兴。 斗蟋蟀的济公
都在我童年一条街上。 赤膊
从河滩经过
菜市场再怎么吵， 我也能听出
鲁智深的声音
听着七岁的赛珍珠， 手里抱一本
《隋唐演义》， 在房里走动
听着街角的信筒

听着银幕上的间谍， 往头上套假发
听蟋蟀江南的丝竹音
听城门口的大闸落下
英雄辈出， 仅用一只力气大的受力的双肩

2014

一个秋夜

坐在灯下， 手捧的这本书
使我身心温暖： 美好的言语
美妙的讲述
被一阵蟋蟀叫打断
从那昆虫的叫声， 人可以听出
草丛深邃， 星空璀璨
河岸边的家园
随今晚露水已开始甘甜
变凉
就好像窗户， 夜色， 跟路上的行人
相仿， 饱览群书
这一切来自神秘宇宙深处
来自秋夜的几种昆虫的颤动声带
或翅鞘
大自然离奇的修辞
古老、 单一。 不知名
却百听不厌。 虫鸣声好像乡下
院门上褴褛的门神
靠墙排放的锄头、 箩筐、 绳索
镰刀
而我书房里的书堆到天花板

跟四季农具有什么区别?
什么样的田野耕作
横亘在书籍和心灵间?
作者念出声的字词、诗句
是否跟虫鸣声、跟黑暗一样单一、古老
浸润着昼夜光阴
湿湿的草丛，蟋蟀
会有一盏伏案用的灯吗?
它会用目光，碰到"抑郁"吗
碰到诸如"极权""天赐"这样的
词吗?

秋夜，我合上书
好像用的是无尽土地
是潮湿露珠的滚落
我用星空合上手里的书
我也用略带刺痒的草叶的眼睑
蟋蟀落寞、激动的触须

2014

涌动的江水
——赠杨键

凌晨六点， 长江刚刚涨潮
夜班工人出厂门， 跨上脚踏车
大饼油条店， 鼓风机把一天的尘霾
鼓起。 屠宰场开始放血
国营小吃店的工人预备揉面
生活的油锅孤零零
仿佛被弃。 温度已达沸点
轮船码头， 早班乘客一窝蜂涌入
瞬间分散， 其中无影无踪的几个
坐在街头吃豆浆
一个妇女怀里捧着溢出的热豆浆
和霜冻天气赛跑
在最早睡醒出门的几个人里面
老人、 小孩几乎难以分辨
他们的身上各有我的童年： 老人
去中药房和茶馆
小孩拷酱油， 经过菜场和摇面店
路上碰到船闸开闸、 逃犯越狱
天气转凉
学院场、 县政府门前

贴出新的枪毙人的布告
第一根油条开炸，第一板豆腐
出锅
店门后一排民国建筑高深莫测
在一夜未归，刚分手的情人眼里
这建筑好似老的黑白电影的
女明星，短发、口红
晨曦如同没来得及剪片的接吻镜头般
激动人心
他停下在路边不知该做什么好
一个被闪电击中的人
要到几十年后才说出感受
他恋着逸出身体的自己的身体
好像嘴里含着第一夜和第七夜
含着金色的口琴
行人推推揉揉，街两旁坍塌的电影院，一个又一个
摊位，蔬菜、鲜花、水果
把人挤向生活的窄门
老街，和本城居民身体相貌相
混淆
大热天穿短裤的悍妇，今晨头发蓬乱
穿起了秋裤，像船队过闸门
船工手里的长篙般笔直射出
江面上，朝霞密布
被处决的犯人
颈部、头部、口腔

伤口重又裂开

他们肚子空空，双膝跪下

形同汩汩的江水

和造船厂，形同湮没的老宅

没有门牌号的教室

随朝霞升起的小学校园朗朗的读书声

也形同国营的厂房车间

二十年后的丈夫们和妻子们

一涌而出的地产商、楼盘、股市

电视里的劳模，"中国好声音"

开发区、免税区

商投风险、银行气派的营业大厅

部队起床号

郊区大面积建筑工地

伊拉克局势和阿富汗争端

电视上的镜头一闪

某人讲话、某人通过了

机场安检

香港、澳门、耶鲁撒冷

蒙大拿和新泽西

中国的"严打"

小说里的"智利地震"

胡安·鲁尔弗和黑泽明

我坐在桌子边上喝下一杯浓茶

我经历的年代仿佛一天早晨

长江涨潮：童年街头

江水涌动的胶片
放映出黑白影像
底下的观众席
空无一人

2014

人世之歌
　　——赠陈东东

树和树相互弹奏

很久以前的一场雨

淅淅沥沥落下

但此刻明亮的光

长出新枝嫩叶

新的记忆

聚拢小路尽头

叶脉图案生成

离别的衣襟

没有人弹吉他

没有年轻貌美的恋人

万物沉寂的湖面

仿佛乐器店的陈列柜

安放琴谱，碎裂的人心

尼龙或钢丝的涟漪

一名小提琴手的际遇

在黄昏的天际浮现

耳朵节拍器

相互推诿

繁密的雨声

此刻如种子般尖锐

人的眼睛里……

哦人的眼睛仿佛安静的座席

2014

夏　夜

在一个夏天
我愿意用窗口的风守候你
日光一点一点
从往事中移走
门开着
走廊空着
风凉凉的，在你的名字里发呆
好像你刚走，上午刚分手
你走后
夏天就来了

书房
如同一种结局
我是你守候的一页
这结局有一点甜蜜，有日光
一条小街上的树荫
有发了霉的旧书
最结实的拥抱
深夜里依偎
你的身体
是我在深夜里回不去的童年

你的身体是一个盛大的夏天

夏天来了
我沉浸在光明和忧伤里
很多年后， 我像另一种守候
我俩的夜晚， 又会在世上伸展
好像行人穿过马路
到达街对面的树荫
而果实在林中掉落
黑黑的夏夜， 用白昼和下午
用窗外的风——寂然不动的星星——
守候你， 也守候我

2015

从江边回家

我从长江边回来
走进自己家里
在静悄悄的书房
回味波浪的形状
桌上一本本书
多么像傍晚无人的江面
像江堤上荒草萋萋
伴着一轮夕阳
夕阳下几条田间小路
蜿蜒向黑夜村落

水仿佛涨到了屋子每个角落
仔细听： 每册、 每一页书都有
江上潮汐寂静的回响
海的蔚蓝。 浮云。 远山
我坐下。 同时顺流而下
是江中心船只正拉响汽笛
我既是黄昏大街上湍急的读者
也是船头吃水深的甲板
我刚刚上岸。 或者
正随船队出发

世界用一个幻象把众人包裹
尝试解开它的万物之手太多
夜幕降临
长夜如同其中一双安静的眼睛
因为最终解开包裹的不是手
只是江面余晖。 小小渔村的落日
是涌向岸滩的波浪、 漩流
或一个人独自回家——他推开门
亮灯。 暮色中书架
多么像一群星星将黎明簇拥！

2015

捣衣歌

……四十年前，妈妈在河滩洗衣裳
沿河人家，每隔十数户
有一个淘米洗菜的石码头
街坊邻居隔着水面说话，聊家常
隔河相骂、唱歌
搓衣板、木盆、桶……
我有四十年没看见桶里的水了
同样，有一天经过已成废墟的旧城
我什么也不记得了
只听见河滩上的捣衣声
从东往西，自南向北
感觉废墟里仍横亘着寂静的石码头
　　妈妈下河滩
　　恍若月球表面的荒凉

2015

到芬兰车站

大雪中一列火车犹如寒夜捧读

车厢厚度是黑夜是十九世纪

车前灯短视， 无法探寻

远方深邃的书写

在途经陌生的郊野国度时

像一个读者， 一名

来自中国的穷书生

革命的年代。 在俄国十二月党人被流放

冬宫被炸， 沈阳被日本人占领

远东形成血腥的淞沪战场时

没人留意身后的冬夜

飘雪的寂静。 旅馆的盘剥

乡下狗吠声

有些伤口子弹射不进去

有些死亡根本就是新生

飞机漫天的轰炸或超低空

政权更迭。 恐怖袭击……听起来

多么像离奇的和平

像漆黑深夜， 轮船在江面拉响

一部长篇小说的汽笛

唯一的幸运， 亦即仅有的

寂寞在于： 欧洲机车头喷吐出的
暴风雪般的午夜
无人上车。 无人到站……
站台冷清如陨石坑， 如省略的会见或别离
东方与西方， 冰清
玉洁
一对情侣空荡荡的怀抱

2015

浮　桥

在我诗里会留下一个安静的小城

那儿的街道，　那儿的手艺人

皮匠，　箍桶匠，　弹棉花人

豆浆、　拖炉饼

一个民国的小学，　一名女教员

教堂和寺庙，　父亲大清早

起床抽他的第二支烟

母亲躺在病床上

在我的诗里，　旧城永不拆迁

雨不会落下来，　如同一场失败的婚姻

轮船在江面鸣笛

雾一般笼罩全城的白昼

坐落在山脚下的村庄，　翻过山就能

在急流险滩的长江边放下小船

支起渔网。　载重卡车倒车

车上的危险品被中途截下

弄堂人家依旧在用马桶

血淋淋的砍头场面

慢慢被战争淡忘

一名台湾来的老兵，　终于在废墟旁

找到他儿时的旧宅

枪管射出的子弹，在空中飞行四十多年

横跨十七省，最终

在伤者肩膀裂开

学堂的校园敲钟集合

宛似小城上空的参天大树

在我诗里，街道名字叫"北大街"

从东到西，浮桥上下

各式店铺工厂，依次叫：

江海社、雨伞社、冷冻厂、纺器厂

铁合金厂、缝纫社、摇绳厂

酿造厂、糖果厂、皮革社

机电厂、锚链厂、五一棉纺厂……

店铺有：煤球店、粮站、肉墩头

中药房、兄弟照相馆、大伦布店

新华浴室、剃头店、船具店

板车队、运输社……

一个人在往墙上敲钉子

一名小孩哭吼着夺门而逃

瞎子阿炳的二胡旋律萦绕在中堂

码头上卸着货的船员

等来了他的相好

有一场热天的雷阵雨。一道闪电

在我的诗里，像瓜农手里的

瓜果般爆绽

暴雨落下时， 原先屋顶上的飓风
突然中止。 全城停电
——诗歌有一种停了电的效果

2015

艰难一日

  "人而不仁，如礼何？人而不仁，如乐何？"
          ——《论语·八佾》

我刚度过了艰难的一天
陪朋友吃饭。 半夜回家
骑车、 过桥、 赶时间
接送小学一年级的女儿

在书店看书
看一阵风吹来冬天的涟漪
无所事事逛街
和太阳擦肩而过

接受寒冷、 人群、 稚嫩
在报上分辨新闻和历史
用古怪的日期
记录下来遗忘

我刚度过了艰难的一天
汽车驶过疯狂的大街
在一个我根本不在的地方
陪朋友吃饭、 然后喝咖啡

2015. 1. 30

旧 书

很快太阳就要晒过了
翻动的书页
只剩下黑夜
鸟还在叫， 温暖
逗留在
年关临近的炮仗声里
一棵树长高了
高出了我冬夜的窗台
我读的诗里
已望不见雪
恋人们拨动琴弦
用劫后余生般的见面

2015

看见茨维塔耶娃

屋外寒冷
进房间第一件事情就是摊开你的
诗集。 顺手把桌子底下电暖
拧开

……百年前的暴风雪
俄罗斯草原。 一双黑眼睛
倨傲不驯——这一切明亮
全随着电暖的温度上升——

瞬间， 我在我眼睛里看见
身逢乱世的姊妹
不顾一切的古老
（到过布格拉， 也到过巴黎……）
一生爱过多少男人女人！

——我不由得带上你的口吻！
周围夜色充满了时间的惊奇
诗集读的是又一种新译本
而你的鬈发齐耳， 一如既往——

冬天， 我遭遇的寒冷寂静
像传说中你的目光——齐

望向我：（女儿被流放，丈夫遭处决……）
噢！我的玛丽娜

2015

晾衣竿上的秋天

我的妈妈去河边晾衣裳
一阵风吹来。 紧紧捂住
书包里的蟋蟀
河水是课本的几页

一条街的住户随风飞扬
棉单枕巾被套内衣裤……女工们
在贫贱的弄堂口格格笑着
她们的胸很白。 秋天来到了大地骄傲的私处

食堂里的早饭是一碗薄粥
车工、 泥水匠和街上的小贩交头接耳
因为有人身披军管队的棉大衣
有人去了郊外的刑场

县城静悄悄
如布告上 "枪毙" 一词的字样
孩子们回家经过的弄堂
酷似某人亲手扣动扳机

零星枪声似的新年
子弹从小年夜开始， 逐个发射
穿过被寒冷优待的反革命分子

推开房门，是大年初一的雪地

女友踏上了楼梯
她把脚上的雪跺在楼道里
惊喜地解开一本十九世纪的小说
阳光下，她瘦得好耀眼

死者温暖的身躯
被家常的琐事融解，五斗橱上的
"三五牌"台钟，散发一股
居委会、读报小组味

在另一个秋天
她去阳台上晾衣裳
她看来酷似当年的妈妈
连抖动棉单的手势也一样

有一次，她掏出一张工资单
……衣裳洗到一半，才发现
于是晃动满手臂的水珠
在秋风中格格笑起来

那声音至今在每年的秋天
回到耳边，那死者的冤屈
那街上的雪
也一样

2015

凉　风

我朝黑暗索要这个词：凉风
小小船户的凉风
河面窗户的凉风
推开波光，里面
一枚水乡的月亮

我朝湮没的乡镇索要这个词
丛生荷叶的田野上的风
少女般暗黑
这不会有多少人争抢占取
这是我仅存的甜蜜尊严

2015

油条豆浆

> 好的感情就像油条豆浆
> 就像早晨的寒风
> ——题记

早晨呼啸着通过另一些早晨
进入白昼。 在图书馆资料库
一名历史学家翻查新的一页
花园宁静而湿润
是被证实了直觉
窗外飞翔的鸟儿
纷纷被文字埋葬
晨曦如同被扩大的公墓
新城， 旧城
行间距清晰
我住地的对面是我多年前的
一次离家
我身体的旧恋人帮我醒来
一场弄堂口的大雾刚把她
送走。 我俩在早点摊上坐下
亲吻和目不转睛
就着呼呼响的寒风

吃了一顿油条豆浆

（坐在多年以后的房子里
我能听到呼啸声——
能从我的身体里， 听到
吹走我的那阵风——）

2015

秋风阵阵

白昼消失的长长的弄堂
被一口水井填没的童年记忆
有我母亲的脚步和街坊邻居
阳光下耀眼的脸
河里的运粪船缓缓驶过
码头边的草丛停着朵朵白云
祠堂的天井顿时暗下来
也许我可以拣一件晾衣竿上的汗衫
做我的翅膀。 不为人知
在我出生的北门街
我只是那街巷深处的围墙阴影
像小学黑板上的粉笔字， 阒无人迹
被夜凉如水轻轻拭去

存在着多少命运的可能性
多少体面安静， 温柔的性格
你知道一幢房子有多少吃苦耐劳？
它的白墙发黑。 它的主人远去海外
有多少波浪轻轻拍打过思念？
一棵树上曾长出多少次寻访落空
月亮在树下久久徘徊， 吐露真情

恋人背叛了彼此
勤俭持家的夜色
有一整间屋子那么大
一长条街那么深！ 工厂汽笛声
有时半夜响起， 像插进土里的
黄铜的炮弹壳

五十岁那年的秋天
我想起乡下的田埂， 城里坍塌的围墙
好像活下来的吓破了胆的士兵
想起一场战争！
我最怀念的， 竟是人的受侮辱
不言不语。 母亲身上干净的衬衫
波光粼粼， 在地板房里走路
一间堂屋里死者遗像的味道
一处湮没的天井， 长满荒草
隔壁评弹声。 收音机一样嘈杂的
菜市场。 街道是人们挣扎着活下来的印迹。 而夕阳下
河里的运粪船缓缓驶过
秋风阵阵！ 秋风阵阵

2015

萨蒂的秋天

在举过的火把的印迹里
在情人的叫喊似的峡谷
空气写下"秋天"两字
生命与生命， 交换
最珍贵的信物： 恐惧

早晨， 并非萨蒂本人
是萨蒂的钢琴曲出门
阳光的孤零零的泪水
在晨曦的眼眶里打转
秋天， 我们全都心怀恐惧……

我不能使这一天开始
我不能使新的一天结束
我走到窗前。 似乎人类所有的努力屈辱
都跟着我一起醒来了！
我明白， 我在自己体内发明了火……

我爬出万人坑。 我跃上战马
我劳作在一团混沌深渊似的中原农村
我听的音乐比我更早绝望了
这是被停演的夏天！ 留大胡子

戴夹鼻眼镜的秋天来了——

（——1924 年 11 月 24 日，萨蒂的最后一部作品《停演》首演。）
2015

洛维莎修女

雨落在被我忘掉的人名和人脸上

落在中亚、西非的沙漠

落在不确切的年代

一列真实的火车上

车上的座席

空空如也

雨落在高山流水的

爱情

刻骨铭心

王宫贵胄的地平线

落在谷雨时节旅行

静谧的时光，热闹的巴扎上

落在东城的教堂，西城的清真寺院

七十岁的雨

少女花季的雨同时落下

雨 （1865—1935）

离开斯德哥尔摩，孤身一人

来到库车

雨说："……上帝对我，比我对上帝

更为仁慈。"

雨落在这种平凡渺小的话语里

一滴雨划着十字
一滴雨吃惊，渗出鲜血……
孩子气地奔向车厢过道
漫漫长夜尽头——
洛维莎·思维尔
感谢主的恩宠
她于次年到达中亚腹地
有人曾在喀什老城
"秦尼巴克花园"见过她

2015

秋　风

我突然变成了秋风
一上午的风
坐立不安，沿街吹过
街上的店铺、空地
寻觅着的
嘴唇的味道

白铁店。　工匠敲打
摇面店。　扬起一缕面粉
照相馆。　胶卷发黑
皮革厂。　臭气熏天
菜市场。　露天的猪羊肉
小学堂。　琅琅读书声

我的齿轮飞旋在车间
我的尘沙弥漫整个工地
我的话语被夹书中
我的血腥掺杂进记忆
我的乡村遭湮没
我的砖墙被土墙推倒

变成静止的树荫

空气有一丝甜甜、迟桂花香
蟋蟀缝好的针绣，清新灵秀
我是我自己的空地
是江面上的风浪
我突然静下来……

2015

融 雪

天气好得像新晾的床单
床单没晾出去，还在盆里
妈妈在卷袖子，大声喊
她九岁的小儿子
木盆是她做新娘时的嫁妆
小儿子在晾衣绳下玩耍
风像快要结成冰的河水
泼了母子俩一脸
各取床单一头，使劲绞水
旁边一月的乡村，县城远郊
明晃晃的河道。平原正待融雪
土地接近开春
木盆夹杂着冰碴儿，俩人抬不动
母子俩都使出吃奶的劲
多年后那孩子长大成人，妈妈
已不在人世。他从一月的空地
记忆湿淋淋地经过
大面积的阳光下，探出一张
少年的脸

2015

诗

啊！ 在我的诗里我已是古人
我端起茶杯但没人喝它
茶是热的， 高山流水
悬崖小道上的钟子期
危岩凭空
  走向中午的书桌， 我一言不发
  在我的诗里

2015

午　睡

有一天中午我回家。 她不在
我自己做饭吃， 用的是蜂窝煤
房子静悄悄
我坐下来看书

阳台晾着她洗的衣裳
小短裤， 内衣。 地上
她的凉拖。 她吃饭用的碗
在原来的位置

我晒太阳， 吃茶
抱着枕头回床上
在她睡觉的被窝躺下来
搂着她的梦入梦

世界空荡荡
寂静。 简陋……
仿佛多年前的中午……
我回到家。 她不在

2015

午睡时刻

房子慢慢会和我说话
"这会还行，安静。"
"你听这一滴雨……"
雨停了很久了，不知为什么
屋顶上落了一滴雨
我和房子都听见了

四周坟墓一样安静
只有我和它，各自
安静地忙碌
我写作，它谛听附近
一只鸟飞走

雾天。轮船在江面上
拉响汽笛
像在沙发上一样舒坦
这会儿陪伴我的
只有房子安安静静
会心的一笑

时针已走向下午
时令已是秋天

睡意在白天就来找我
房子露出善意的笑容
"天冷， 人也更容易困倦
我打算这会就睡。 你呢？"

我明白， 他用陈年的人事做床铺
读两页风声和白天的星星
那些消失了的"簌簌"雨声
是他睡眠用的枕头……
他以为他是耕地的老农
他以为他老家的村子还在

2015

夜　曲

我想说我喜欢黑色。 黑夜的颜色
喜欢天黑下来， 街上人家
亮着灯， 仿佛星星
蟋蟀在草地上叫， 仿佛压抑住尖叫的
音乐会上的琴童。 四周的黑暗
慢慢合拢， 赴约的恋人们
正从四面八方赶来
书房里， 我独自亮着灯
给多年以前的她， 一个信号
这信号在秋天， 能够照见春天
能够照见她的芳心
我手上的书页， 在她
目光的温暖陪伴下
钢琴的流水声掩隐少女脸上的羞色
在莫扎特的名字下面
她有一双大胆的眼睛
无数听众鼓掌起立， 如醉如痴
我是他们中的一员
我也在秋夜的剧场里， 轻轻地
被象牙的琴键按向黑色， 摁向生命
沉静的泪水……

我喜欢黑色

我从黑暗中来， 走过我爱的人身旁

天黑下来！ ——那是初恋的颜色

那时候还没有星星

闪烁在你懂事的眼眶

我俩在天黑后的街上跌跌撞撞

好像所有路面， 每一幢房屋

下一秒钟， 就要变成酒店的卧床

黑暗使你沉醉， 也把同样的热切无常

传递到我身上。 是的

这爱的色调无边无际

长夜般握住黎明的小手

指尖和指尖， 星星般相扣……

我不想要天亮， 亲爱的

我想要你——黑暗中的你

夜一般消失的你——有着

和我同样的黑暗

这黑暗， 我俩正在相互交换

这窗外多年以后的夜色

曾经是最美的信物

  恋人脸上全部的亲吻

  都在这里， 曾在这里……

2015

永久沉寂

永久沉寂是爱情的慢慢抬起的手
胳膊、上身、前胸
两人之间低头深埋进
对方的心跳

爱情活在某种程度的永久沉寂中
完好若初见。一个灰霾
冬天，把世界的冰寒陌生
交还对方

在我的房子里一多半
这样的永久沉寂刮着风
窗户些微声响。外面
积雪正落上窗台或屋檐似的相爱

在你身上，我的吻
像是一种永久的沉寂
像雪花，小而轻
落下好一会儿，悄无声息

2015

针　箍

我的母亲死了
她出纺织厂门
走完了河边的弄堂
被子晾在天井的蟋蟀声里

她用门前涨潮落潮的长江水
留给家人一只童年的针箍
缝缝补补，递给我
一条人生的河流

她去街上买菜
她八岁的儿子在屋顶和瓦砾堆
独自练习飞翔
向宇宙的中心，纵身一跃

2015

枕中记

穿过黑暗的冬夜
我独自走向我的卧室
把看了一晚上的叔本华、奥登
丢在书桌，身后
感觉像是把火炬熄灭
在山洞
而那些远古的诸神
驰骋旷野的英雄们
带着草木和星星的寒意
纷纷聚拢到
荒野村郊，尝一口春雪

2015

一脸的羞涩

时常， 我坐着看书
像多年以前
天黑下来的弄堂
你站在我面前
一脸的羞涩

听见有人敲门
寂静的小屋顿时明亮
我拉开木门就像
书中的一行字
饱含深情和奇迹

你站在门槛后
低头的模样
好像不想进门
只想软绵绵
想我把门打开……

好像原地站立
已经花费掉所有的力气
好像你就是书
你就是我

就是多年以前

……时常， 我坐着看书
周围的寂静一如当年
软绵绵。 小大人似的
鼓足了勇气——你站在我面前
一脸的羞涩

2015

树　丛

树丛、 树林里风声四起
当风吹来， 我发觉
我面临三重境遇：
我独自一人
我和她在一起， 手挽手
我尚未降临人世——
这三者都在风中
随风声或隐或现
我们都是风中树林的幽深
是那儿消失的小路和草丛
深深浅浅， 若明若暗……
三者中间， 数第三种
最令人向往：
我俩从未邂逅
无论你或我， 无论
我俩曾搂抱得多么紧
我们还只是自然界无名的空气
是草地上的阳光
云影和风
当夏天临近， 布谷鸟啼鸣
用起了风的嘴唇

在悬崖上相互寻觅……
啊，爱情！我要对她说：
我尚未降临人世
尽管我来到的世界
一定有你！有她树梢一样迎风飞舞的
俏皮轻盈
——有她那样的出游
——她那样的孤绝！

2015

辑三

写于无名的册页

治多县夜空

我觉得我欠这里的夜晚一次旅行
不是今晚， 不是早晨酒店醒来
去卫生间
想起外面草原
我的那次旅行， 被迷失在时间、 人生
尘世的深处。 这个高海拔凌晨
玉树州治多县仿佛浩瀚星尘中的
一双眼睛， 看着我人生的整个黑暗
看见我来到哪里， 曾经经历过什么
各种命运。 水池哗哗响的水声
黄河、 长江、 澜沧江在我头顶
等在酒店门外的， 却是一次
错误的经历
——我不该这个时候来， 草原
在你最破败、 凄惨的时辰
骑马的康巴藏民把马儿拴在了
带有铁丝网的围栏木桩上
西天取经路上的唐僧玄奘
被一辆高寒的油罐车吸引目光
清晨， 正倾斜过车身缓缓转弯
山是蓝的， 在一颗晨星的隘口

我不该作此瞭望。 山谷上空， 月亮拉开的窗帘
看到了县城街道
贫病交加的颜色
我划亮一根火柴， 仔细辨认
我放下的行李中， 没有一件
关于你的经文。 唐蕃古道的治多县
美丽的通天河

2016

看火车
——为九岁的女儿而作

火车穿过玉米地

我们停下来看火车

我们的自行车被丢在草丛

开始是整个山谷葱翠的寂静

火车撞开丛林和阳光

田坝颤动。似一名史前巨人

脸上挂着阴险的笑容

火车头出现，一把攥紧地面

绿色蒸汽机头跟后面长长、黑色的

车厢一眼望不到头

像你讶异的九岁

像树下的这个夏天

所有原野的气息瞬间点燃

浓烈苦涩的青艾，田野收割一空的

玉米。暖甜的水稻地面

群山的倒影

火车像凉凉的山涧水流过

绿皮车厢的窗口出现另一个夏天

车轮喀嚓，好像亚洲小伙子

在一节节地咬甘蔗

吐出来回忆、 被遗忘
更多的东西被丢下： 你和我。 我们
父亲和他九岁的女儿
低声交谈："……这是十九世纪最厉害的
发明。 发明者是一个英国人。 现在
一万人里面也未必有一人记得他了
斯蒂文森……"
"那么长的车厢啊， 数也数不清
像鸽子羽毛， 狗尾巴草的头， 西瓜的
叶子和汁， 还有什么什么。 太多了
我都不想数了。"
此刻群山如此端庄， 赋予这列蠕动
火热的机器一种不老的年轻
连树上的鸣蝉都停止了嘶鸣
周围田坝上的村庄在盛夏酷暑的
树荫下被冻结
整个下午集体性的锈蚀
火车带来新的人生。 远远地能够看见
闸口两侧行人车辆一动不动， 原地伫立
长长的车身把脚步伸到
我们脚下的地面， 探测
傍晚伟大的秦岭山脉
一对父女的心跳

2016

古老的家庭

我的童年像一堆旷野上的篝火
风呼呼吹， 父亲添柴
哥哥把火苗聚旺
妈妈准备食物
趁着星光， 我到远处溪流边
提水

远远地， 回头张望
一家人像明亮的火焰， 照彻夜空
许多的火星飞溅。 夜风中
河流和森林低语：
这黑暗的大地是一个节日
亲人们是其中永恒的生命

2016

黑蟋蟀

蟋蟀的声音……
不！这是我身体的声音
我的身体触碰到了露水
我走进隔壁房间
它还在那里：细弱、脆直
仿佛月光在拉动草叶，抚平河流
蟋蟀从灵魂的忧伤处流过
湿润夏天的夜，星星出现
美丽的童年足迹
印在长夜心头
长长的，有一条街那么长
而一条街就是一整片田野
是南方的夜
我知道自己深居平原水乡
已忘了生活，忘了自己
钟爱的音乐
我的生平在一只黑蟋蟀的叫声里
颤抖着骄傲，星星般毫不知情
人们根本就不该去理解所谓的世界
所谓光明与黑暗。思想、品质
有过一只蟋蟀能够共享的品质吗

除了闷热潮湿

除了安宁、万籁俱寂……

我忘了打开电脑了。我身上的翅膀

在不停颤动，我是传说中的

弄堂小屁孩

我是水乡的黑奴

蟋蟀的声音，仿佛一名小孩钻进河里

在钻进去之前，先拨开芦苇丛

夏夜的小孩在跃入水中的瞬间

仍张大着眼睛

看呀，他在水里望见星星

是天琴座，还有织女星

——当我倾听一只蟋蟀时

我倒掉烟灰缸的烟头

我打开我身上宇宙的印记

2016

天　山

在天山面前

人羞于拿出背包里的《新疆简史》

羞于翻开《准噶尔传》甚至

瑞典老人年轻时的梦境：

《楼兰》

没有一首诗堪比一名翻身下马的哈萨克牧民

那马"……哒哒哒"放慢脚步

从远处的戈壁走来

浑身上下披挂神秘

天山北麓的冰雪晶莹

春天的沙枣幽香

腰带上英吉沙小刀

述说着风尘

那戈壁获得一种声音

那口里来的游客也慌忙后退几步

只有上了年纪的白胡子老人

坐在风沙掩埋的土房子门槛

脸上有着山峦起伏的尊严

只有他牧羊人的贫穷

他不为人知的生平

眯缝起生了病、见风落泪的

眼睛， 瞅一眼中亚的阳光下
美丽的天山
那老人沉默不说话时
靠墙的箱柜里有一部沉重
草原般的 《福乐智慧》

2016

在玛沁

玛沁县在下雨， 听听：
生者和死者是同一人
古代河曲马和景区马场是同一区域
入海口和黄河第一湾有着相似的层浪
清晨醒来街上有一种离奇
呼啸而去
一辆过境的卡车
司机一定不会想到： 这个早晨
我曾凝神谛听这场高海拔的雨
  他在灰蒙蒙的驾驶席
  无法听到我此刻谛听着的雨

2016

馨香之诗

一个冬天出门的人
在一个秋天的早晨起床， 醒来
闻见院子里的桂花香
如同路上的皑皑白雪

空气透着阴湿的晨曦
把人整个的一生照亮
朦胧地记起那年春天
惟独把夏天忘了

裹牢在他身体里的夏天
陪他出门， 到院子里呼吸
新鲜的阳光。 一匹马出现
打着响鼻

楚玛尔河， 尼洋河
通天河——这些河的河道、 河床
流淌着碎裂的人生
无法记录。 恍若邈远的天体

一个秋天的早晨出门的人
回忆起有一年春天

他贫瘠一如旷野戈壁

他在黑暗中冻得簌簌发抖

2016

屋顶上的江面

人到中年
终于看见： 我屋顶上那片辽阔的长江
坐在书房， 不用眼睛
也不用年轻时的经历
波浪在江面上涌动
人一生离奇的爱情

我的父亲
我的家人渐渐远去。 江面犹在
江南， 江北
万顷良田是我呼吸时的肺叶
秋天的滩涂， 长满
茂密的白头

江流的天际线
叽叽喳喳的鸟儿张开小嘴
阳光从翅膀的声音里直泻
途经的轮船拉响汽笛
仿佛教堂尖顶垂挂胸前
迷途的十字架

我的过去不为人知

我的未来是"苦难"一词， 被用黑笔
轻轻划去
在沉船的舷窗底部

江水， 好像人在大白天
安静地拉上窗帘的屋子里午睡

2016

寒 露

> 因听紫塞三更雨,却忆
> 红楼半夜灯。
>
> ——纳兰性德

风进入房间
秋天在屋子里呆着
这里有一些书, 一杯滚热的茶
早晨在阴雨过后的天气里
非常安静。 对于人世的坎坷
不愉快, 有一种并不太显眼的
同情心

在这里, 理解力和思索
汇聚。 有时对窗外活跃起来的
鸟鸣, 充耳不闻
一些形象、 细节, 来来去去
整洁而又空旷
床铺凌乱的卧室, 就像
一个人被杀死以后还留有体温

花轻轻摇晃。 在窗台地方
没有一本书被翻看, 没有相爱的人

从楼梯、电梯走上来
只有风和廿四节气中的
第十七个节气,轻声交谈:
寒露、寒露。逝去的一天
仍泌有桂花的馨香

偏重阴湿。我的一生里
有过这样的天空和鸟鸣
这样繁密、细碎的独处
犹如半夜停车到郊外
过路车辆的灯光紧急照亮陌生的
田畴。旷野的镜中,村庄荒芜
星空和我,突然面对面——

我试着接近、甚至抚摸
吹过桌子底下和过道的风
这些风,像是一整片森林
起伏不定,黑暗中既柔软,又结实
我想,如果我最终坠落
我要带上几页书,一杯茶,
在一个寒露、阴湿的早晨

这里的安静温馨
仿佛已允诺我去死——为最终的
遗忘铺上草垫子。提前清场
用灰暗的光线托起默不作声的
脸庞。说吧:我会在一个秋天死去

就像早晨醒来， 房子空荡荡那样
——啊！ 就像寒露

如果你觉得这些诗行过分安静
那只是因为我稍稍有些发愣
我怔了一下， 走了一会神
却也丝毫无损风的寒凉
如果我不在了， 请允许我用这早晨道别
路旁湿漉漉的树丛
把开着的房门， 轻轻关上

2016

早晨之歌

早晨！ 尘世的低语
楼上有人搬动钢琴
我去世三十年的妈妈
仍旧光彩照人
一轮冬天的朝阳
滚落窗前

窗户的粉尘
布满霜寒
昨天是一个奇迹
从我人生的悬崖， 我跌落下来
完好如初。 在我身上
我查看伤口般的夜

屋子里， 我被一股美丽的晨风吹远
衣裳穿得太少。 可是兴奋！
来到空气中的冬天比我更单薄
雾一阵阵漫过河岸
我的童年竟然还在那里： 拱型石桥
南方的天空， 栖息在幽深的桥洞

船上有人生火烧饭

缕缕炊烟自行回到故乡的滩涂
死者的亡魂， 在江面勾画前世
一天开始了。 但又好像永不开始
远方群山的钢琴前， 十一月和十二月
坐下， 容貌清新

话语稚嫩。 鸣啭的鸟儿像一幢房子
里面住满牧师、 儿童、 晴朗的天气
上山的道士， 又尖锐、 又锋利
海边一字型排开明亮窗户的合唱
苦难在延续。 我的第一声牙牙学语
寒风般吹入街上走路的妈妈的耳朵

2016

鲥鱼港路

冬天被风轻轻扬起
就像一张青年的脸庞
爱情在寒风里飘拂
万物寂静而神圣

命运加剧。 格外温柔
痛苦永不减弱
霜降过后的大地
内心笔直地畅开！

经过激烈的争吵
长江进入十一月的苏南
雾蒙蒙的晾衣竿， 垂落下来
萝卜、 床单和冬菜

下游出现晨曦般的河口
紧贴着货运码头的爱抚
形成回流秘密的船舱
小小的乳房， 捧回昨夜

清晨如同被忘却的蹂躏
平原三角洲， 在一片寂静中
甜蜜地发育。 上岸以后

青年把船缆系在了鲥鱼港路

注：闻名遐迩的长江鲥鱼，享有鲜美天下之美誉；多采于长江下游江阴段水域，于1998年绝迹。江阴城区，自古有"鲥鱼港路"名，今犹存。

2016

树的眼眶

——有谁透过树来望一望我
否则这森林之子的眼眶
怎么含着泪?

夕阳如同倒下的墓碑
(多么古老的黑夜!)
人和树都舍不得彼此

他们都记住了: 他们眼中的飞鸟
他们不说话时, 仿佛在
抚摩对方

昔日的勇士, 如今成了
乡野阡陌间孤零零的一棵小树

2016

夜　风

不知从几岁开始
我爱听风的声音
就像一个人呆在丛林
成年后。　桌上的书
成了生长繁密的枝柯
风在我的耳朵灌满各种奇想
统统经由深远的寂静说出
当夜风吹来，　我的人生跌宕
起伏，　一时颠倒轻飘
房间和春夜
既柔软又结实
我独自回到我的幼年时代
就像从高处的树端爬下来
我观察风静止的一刻
　　好像隔壁房间的父母
　　　黑暗中，　双双头挨着头熟睡

2016

流逝的雨

我突然觉得我不在雨里但雨这么大
我的窗户明亮正对黄昏
我更像是房子而不是住户
房子却像古代的凉亭
这凉亭在一个黄昏
改变了夏天

我把这些天井屋檐记下来
但雨落得更快比诗句急迫
我全身透湿没办法腾出手
无法看见也不能够继续
这雨中无言的片刻
所有的片刻， 遂成一个片刻

我突然觉得
我自己不是我， 很可能
周围的街道也不是街道
我和楼下小区的住户并不享有
共同的人类生活， 合上一本书
那倾盆的雨声里被迫的沉默——

雨声更像是一个人的沉默

他全部的思想

在此沉默里倾注他整个的生平

也许， 我局部像闪电

　　对着闪电我更像黑夜

　　对着窗外的雨， 我仍旧更像流逝的黑夜

2016

屋顶上的钢琴

我不知道谁在弹奏
我也没看到月亮
但暮晚房顶上的动静，附近
树林里的鸟鸣，仿佛一架钢琴
正被天空弹奏。蓝色的夜
弥漫成乐曲，花朵的交谈，小狗、孩子
玩耍着滑过草地
天刚黑，还没到月亮升起的时辰
钢琴的和声已被明媚的月牙儿
照耀

我的住宅的房顶和窗户
在夏夜的黝暗中，成了秘密琴房
大海正踊跃前来。草原，高山
十九世纪大部头小说
纷纷化作听众（底下轰然作响的城市）
他们的掌声欢悦有度。伴唱是
绿杨林中一只小鸟。自由如飞一般射出
明亮的箭，空气含有晚香玉。而我
我飞快地活着
也飞快地聆听。在寂静和黑暗中

2016

乡下

早晨一群麻雀飞来
傍晚一只鸽子飞走

村庄。村庄
我想：村子里的人也会飞吧
屋顶上的炊烟，田埂间的雾岚
好像清凉的身影
在飞进飞出

他们把生活的巢窠筑在
木门碰响的地方
一本书合上了。所有的书
都是翅膀。旧日历、小学课本。在乡村
人们称之为书的，是两个小孩
脸碰脸，坐在玉米地里

天黑了
星星撒落一地，金黄的玉米粒

2016

分　手

离开多年后，两人才彼此了解
慢慢地我们见面，说笑
一起在一个屋子里烧饭
睡觉。等对方下班

一起不快、发脾气
开始快乐、交换故事
甚至散步——替自己害羞
也替对方惊讶！

并突然觉得这是惟一的爱情：
独自一人，我才能完全看见她——
因为连她慢慢消失……走远
连黑暗中的遗忘，我也已一并爱上

2016

清明巩义一别

到郑州雨变小了
春天突然上了高速

春天持蓝色车票
不知身在何处
只看见自己进站，坐在高铁候车室
大厅。读赵萝蕤故事
读《四首四重奏》的作者
在芝加哥一间咖啡馆
和死者说话

站街镇上
写出"万里悲秋常作客"的
不朽的诗句
正躬身
感谢这场雨
感谢她翻译了《荒原》

2017

岸

> "眼底江山落日中"
> ——朱希祖

多少年过去了
江水愈来愈年轻
几何形的波浪线
均匀。饱满

一个游泳的人
回到岸上
从江面宽大的椅子上
他抽取一本夏日之书

夕阳照亮远方的告别
乡村少年离岸的轮渡
——汽笛声再次回荡
捕捉到向晚的激流

那波浪再次迸溅如同
时尚杂志的首页推出新人
晚风中，乘客"怦怦！"的心跳……
浪越来越大

这世上没有比一条河流
一长截江面更怀旧的了
他用毛巾搓干湿湿的头发
感觉一生像一滴水从脖子上流过

2017

被遗忘的故事

我好像是一条弄堂

没有人家

晨雾悄悄地漫上来

我赤了膊

睡在露天的门板

我睡着了

但差点被自己绊倒

鸟儿七嘴八舌

喊向河对岸

"醒啦，醒了……"

好像我在大洪水中顺流而下

侥幸生还

我活过了黎明

露出了夏天的

土坯砖瓦

睡眼惺忪

听挑着菜担的乡民

摸黑歇脚

我是县城最老的角落

我好像天蒙蒙亮

我好像煤球店、酱坊、杀牛场

我身上有一个童年
一对恩爱小夫妻
不愿醒来
我好像被房门推了推
我"吱呀"一声走远了

（天空有鸟飞过
"行不得呀，哥哥——"）

2017

草地上的鸟鸣

日落之前
草地上的鸟鸣
重述着往昔

仿佛它们见过
古代英俊的少年
记得慷慨赴死的
英雄们的相貌

一度在场的
树林的空地
唯有夕阳下的寂静
是回忆动人的翅膀

这群鸟儿
是其他更古老的鸟儿的后裔
是山中岩隙间的溪泉的后裔
森林无边无际

火种即将熄灭
但它们有此自信
所有鸟鸣声， 都像一份契约
睁开天神的星星的眼睛

（身披长夜的战袍）

——我必须仔细听一听！
那城门洞上的血泊大字：
"忠义之邦"
"汪汪汪……"的狗吠声里
我已长眠不醒

2017

晚　祷

天黑大约费时四十分钟
暮色就像种庄稼
一垄一垄，深深植入
夜黑的平原

在我窗前，是运河人家
沿河的屋檐房顶
弄堂伸出看不见的桨橹
泛起夕阳的涟漪

一天在你的身后
完全看不见了
再会，丰收的岁月
再会，前一分钟和此刻

2017

弹　拨

　　　　　　　　　东隅诚已谢，西景惧难收。

　　　　　　　　　　　　　　　——王绩

黄昏。 不要从树林里返回
落日。 请别显露你在贫寒小镇上的
威权
最后一点的清净
是渴望回家的车站空地
一生行将就木
但门还没关上
街上还有人在弹吉他
喜欢江边大排档。 就着
五元的加饭酒吮螺蛳
江水浩浩汤汤
青山常在。 因此才有
火烧云下的金色田畴
没有说出的告别
泪水模糊了双眼
有人长时间地钟爱白昼阴暗
他身上的安静足够存放
十一座森林

他此刻正走过我在的小区

我从他的背影中探出

我自己的生平

鸟鸣声集体沉寂了， 在山冈荒凉处

倒下的墓碑上

月亮已一册在手

他喜欢听山东评书

但这里乡镇上已没有

最后一名说书人出现在明万历年

或 1978 年

黄金荣杜月笙正被惊堂木拍起

如何放得下手里的古书？

天黑前无人的街区

仍有人参加红卫兵

加入小刀会

一个叫"张潮"的人跟一个名叫

"张岱"者， 是否同一个人？

这答案问柴房里插上门闩的小鸟

问问工厂改建成菜市场的附近菜农们

天气有多么迹近于立春

死亡来得更快！ 多么轻率

他的脸是一本书稿匆匆合上

警察会登记过路年轻人的身份证件

因此恋人们， 像保存你们的旧照片

那样， 捂住幸福的双眼吧

路边上一只狗吠叫

证明我恋爱过。他人的呼吸
惊扰夜色纷沓
有时候沉寂代替了声音
如同死亡言说着新生
我突然成为了我房子里的早春
我从窗口望出去——
啊，多少人家的门开着
多少昆曲，多少花腔女高音
河道蜿蜒的苏州评弹
刚刚热哄哄地开始弹拨，
（男的穿一身只在舞台上亮相的对襟长衫
女的波光潋滟，身着丝绸旗袍……）

2017

冬 雨

雨落下来
好像落在四楼教室
楼梯有人走上来
正有人往上走

雨是久已遗忘的寂静脚步
抬起头望着我
代表着浩瀚宇宙
脚步声属于她

她的出现
超越了我对所有星星
所有黑夜、奇迹
幻灭感情的经验

唯一活着
活下来的是雨和冬天
是楼梯上的动静
教室在四楼

2017

冬 天

"叽喳！"一声
阳光从鸟儿翅膀上洒落
窗外看不见的树
冰雪般璀璨
恋人用她尚未发育的胸脯
告诉我： 这是冬天

我们受黑夜的根须滋润
尽管冻土带的清晨略带苍白
小鸟的话语听起来仍旧熟悉
屋顶宽绰。 屋主人美丽大方
鸟鸣声间歇的寂静
也冰冷神圣

我向后靠， 把身子和脸
晃到书架有太阳光的地方
沐浴新年的晨曦， 仿佛河流
向低海拔的谷地拐弯
全身受温暖涂抹。 往昔伸过她的额头
默不作声， 和一个轻吻碰了碰

仿佛鸟鸣声里

有她的眼睛， 也有往昔的轻叹
我们的爱情， 童年般在街上
在人群嬉耍
犹如夜晚寒流来袭
犹如枝头积雪

很快早晨要过去了
在世上复活的人
即将走过我的城市， 我的街区
不久楼梯上会有一把吉他走动
（孤独的琴房"嗡嗡"作响）
鸟鸣声就像画家画室里
重又活跃起来的一名模特

2017

冬雨之二

雨落在刚燃着的香上
寒冷升腾起袅袅青烟
早晨来了
屋子里有一绺少年的鬈发

一个人转身去往昔日的战场
另一个人冒死寻亲， 成就孤独
雨已落了一整夜。 这里有一处
温暖的面颊， 那里一声梦中的召唤

凛冽雨水， 晨雾缭绕
在南方的屋檐下一字排开
像一面面攻城掠地
虔诚的战鼓

房屋像供案。 拥堵的车流像殡葬
偶尔啁啾的几声鸟鸣
打破这人世的静寂
雨把细小的香灰， 落在了人的翅膀上

2017
(12月16日，生日作)

读　诗

我正在读的诗
是窗外暮色渐浓

飞鸟，跟在家的诗人
和死亡之间，构成
一种奇妙的寂静

一本书的灵魂
像印在书页上的
"3"这个数字

2017

端　午

我觉得一屋子的安静像端午
儿子看姆妈裹粽，裹了
一层又一层的青棕箬
逝世多年的姆妈，她的手还在动
在往竹匾篮里舀浸湿的
生糯米

我一个人在屋子里
像姆妈手里的铜钎子
穿过夜色和回忆
扎紧一家人"嗬嗬"笑的三角粽
月亮升起。天井小平房
泛着鸭蛋绿的光

夜晚凉快了
好像锅里的粽子冷了

2017

黑　夜

在爱的某个点上——
还不到相爱的地方——
每个人都很艰苦

2017

黄　昏

黄昏是一个院门
里面天黑了很久　不拉亮电灯的家里
父亲在煤球炉前忙碌
有时做饭有时扇炉子
妈妈胃病犯了，　躺在
木床上。　昏睡。　无声无息
若干年后成为屋顶上空
暮色中最初亮起的一颗星星
肚子饿久了的记忆使我
穿过弄堂回家。　沿着河滩阴湿，　仿佛抬头
看见家里五斗橱上的镜框：
小学成绩单。　药方、　布票、　购粮证
童年黑白的全家福
闻着街坊邻居家的饭菜香
感觉整个县城都馋涎欲滴
发出夜色深沉的肠鸣
不远处，　惨白的厂房倒映在
码头空落的河岸
我的脚在地上踢到一只摔碎的药罐
绕过黑乎乎的药渣和一阵寒风
煤炉上快要煮熟的

山芋粥香

父亲手上的蒲扇扇出一阵火星

扇出寒流

"吱呀"一声推开家门

七岁或十一岁的我踏进天井

消失在黑暗中。 头也不回

2017

落　日

我坐下来享用黄昏这一杯酒
实际上我的面前并没有酒
只有落日

2017

蒙古长调

大巴车颠簸的后排座上
一人哼起歌曲
回头望，是个女的
看不清长相
声音慢、很粗
有时候安静。没有了
但并不停止
这时候是在白天
某个时候

草原如同昏暗的摇篮
把一车厢的尘土、不同省份的乘客
载向黑夜。蒙古包、羊群、炊烟
忽隐忽现，接二连三
我回头望。我自己是疲惫的车厢里
那个沉静的女声
也是草原尽头停留、伫立的牧民
车窗外，路牌名正从"土默特左旗"
闪换成"独贵塔拉"。

朝鲜正在变成印度
暑天很快消失。而蒙古高原

嗜血的长鞭仍从亚洲飓风的肩头甩出
博物馆墙上一长串花押， 镶嵌
成吉思汗西征的马队。
巫师和英魂
麇集于大战前夕的
苏里格庙
人群中那名看不见的乘客　慢慢
由男变女， 由母亲变作小孩
由苦寒之地的恋人
生长为暮色中的阿尔巴斯山羊

暮色灌进我的车窗
我的车窗、 车轮正在告别
这会我是独自一人
前方往事一幕幕、 高速行进。 出现
酒桌上烟雾缭绕的黑水城
我再次注目
我在世上的消失： 很空、 很细；
茫茫天际的沙漠
背景成星空的草原
　　　　　　　　长生天

2017

写给梦境

她一走了之
我到今天才知道她是一走了之
过了二十三年
不！二十七年
我摸黑走到桌子跟前
把这句话记下来

起了这么大的风。 外面
衣架窗户在摇晃
我对她的感情， 纹丝不变
这里好像还是我俩的家
她好像外出一小会——这一切：
黑暗、 大风、 蛙鸣——

年复一年， 好像， 我
已忘了她不在这件事
我继续生活、 呼吸。 白天我继续工作
晚上回来想一会她
爱是一种习惯。 我想
哪怕她已， 她早已一走了之

夏天快来了

舒适的黑夜
凉爽的竹凉席
蚊香都点好了
屋顶上星星滑落
而她已一走了之

2017

韭菜港

我一无所长。 只是较为熟悉
水流。 长江下游岸线， 尤其
江南一线
江水每年的汛期、 飓风、 雨天
排涝闸口
都影响不到我下水游泳
我不快乐也不特别高兴
只会赤着脚走进太阳
看一公里外的主航道
像看家门口的马路一样
韭菜港。 会经常去的一段江堤
我每次在水里都像一则简历
　　——作为诗人， 留下的著作是
　　堆在岸上的短裤拖鞋

2017

晚 春

在风吹过的树丛
有我年少的心和乡间鸟鸣
最后的夕阳如同朝晖
鸟儿一个劲地唱着
僻静小径的荒芜

整个夏天的声音藏在这树丛
在那儿， 我的一生
被傍晚的风抱起
乖巧， 芬芳。 风
好像我曾贴近过的你的脸

风成了相恋过后的唯一
在一切消逝之后
只有风最真实
只有这夏天的风， 依旧
把细节， 把春天从原野上吹来

2017

拉萨记

记得拉萨街头
清晨喝的一碗粥
宁夏来的一对夫妇
当街开出一爿小店
薄雾缭绕的煤渣路
没有饼，没有油条
只有一小碟切得细细
洒了细盐的拌萝卜丝
由亮黄的胡萝卜
洁白、冒水汽的白萝卜丝组成
佐以一小碟醋、蒜、辣
喝粥的片刻，发觉自己
如此专注，郑重其事
仿佛那一瞬间
正面对高原皑皑的雪山
连冒上脸来的米粥热气
和烫嘴的大米香
也显得庄严、虔敬
仿佛喝下肚去的
是古老的勇气
是漫漫长夜尽头、曙色乍现的时间

店堂里的天光朦胧
透露出万千劫难之后
——最年轻的生活!

2017

一窝小鸟

未读的诗集上方
有一窝小鸟
谁知道呢？ 结窠在
诗人喜爱的秋天
还是春天？

鸟儿们一早上叽叽喳喳
传到我耳朵里的却尽是
人所不知的悦耳诗句：
——诗是提前相赠的礼物
保存在天地、 树林上空的飞翔

2017

秋声赋

沉默是对的
更深远的沉默还在后头
一只鸟对着房子啼鸣
房子的主人，已弃世多年

城外的长江，发出
类似电流的"嗡嗡"声
空中一道无声闪电
撕开灰色县域

因为没人再把族谱上的祠堂门推开
蟋蟀让大河两岸的蜘蛛网线
下坠至坚韧凉风。拉来电线的
屋棚顶上，装上了新灯泡

乡村如同被关闭的电闸
一例十元的脱衣舞替代有线广播
镇上羊肉店，被宰的羊头
叫卖着秋风

秋天在衰草丛中行进
去高铁站接上陈东东。环型高架
绕上《小山诗余》的脖子

诗不过是对于黑夜的一瞥

除了轮胎和地面相摩擦
公路上车辆的滚滚麦浪
除了秋天， 房后的秋天
一个人沉默， 也是人群大抵的沉默

我受树林影响
后来受风暴、 大雨、 水乡石桥
潜在的教诲。 终于
终于把这个词说出——

早晨空地上， 尽是白光闪烁的残夜
秋虫们不肯告诉你的， 我也不必说
——和秋天保持一致吧！
言语的残骸， 已堆落一地

在家门口
一个人用劈开的新鲜篾条手拉脚抵
攥抓半成型的篮筐
他编织一个太阳下的江南

江南的逝波在他额头
倒映在支出的晾衣竿上
我正从弄堂房檐经过
我的树荫里尽是飘摇的秋声

2017

八月的一天

我把听到的一切都认作江水
阴历八月十八， 傍晚， 秋天的风
汹涌的海潮在古代登岸
化作芦荻萧萧的村庄
风从窗缝里吹进来， 仿佛
四处飞舞的芦苇荡
汩汩的江水。 狗吠
公路上的汽车。 寂静下沉
围墙， 草地上一动不动的夕阳
我坐在一个金色漩涡里
摸着江水的扶手： 天色
昏暗
夜晚即将来临。 曾经火热的夏天
正化作婴儿啼哭般的一股细流
寒潮在寂寞的沉船处拉响汽笛
叩问冰封的年代

2017

被 窝

我早早睡了
没几人有这样的好运气
一个无家之人
盖了一床蓬松、白天晾过的被子

把头钻进被窝
闻见屋子泛潮的地板、房梁，廉价橡木
根根开裂的苦腥味
这房子今夜没人

月亮。静谧的深夜
盖在身上。朦胧中
蟋蟀在天井草丛
仿佛也盖了一床新棉花被

2017

温暖的阳光

一首诗很高的时候

我的手够不着

我在底下望着它

这底下——可能是个深渊

沉船的舱部。 火山的残骸

可能是树下的一阵风

（我听到了鸟鸣声）

诗人是时间的难友

今天， 此刻， 在自己的家里

在书房地板上恍若

置身于十月的晴空

今天， 我看到的神秘白昼

我的手也看到了

诗像一幢芬芳古刹： 大慈恩寺

耀古腾今， 消失在去往长安的路上

风尘仆仆。

我爬上众多书脊的莲花座

爬上廿四节气的一个凉意来袭的

早晨

周围是梦境斑驳的泥窟

露出 《龙藏》 《卍正藏》 《碛砂藏》

……等闪烁字样

而沙漠在燃烧， 鸟儿在园中的树枝

恬淡安然地报时： 中午临近

通过人类智慧的我的手

通不过黑暗万劫不复

　　——秋天明亮

　　词语悬浮——

　　在我的眼睛上方！

2017

熔　点

我突然看见这个黄昏是我的爱情的延续

这个光线，这房间

滴沥沥树上鸟鸣

窗外昏暗，室内的明亮

走过了二十多年的日夜

我的年轻在我的身体里一阵心酸

只剩下了蟋蟀、鸟鸣

傍晚无风的屋子的霉味

人生是一场孤独相爱

仍留在当时当日

我把香烟揿灭

我把烟灰掸落

面对消失了的恋人

我仍神采奕奕

我仍眼神发亮

我像暮晚地平线上的一棵树

一只知了突然在树丛叫起来

走在树下的那一对男女

突然跌落到命运的火热熔点

2017

一场雨

雨像人的一生
无可奈何落下
越来越大，白茫茫
就像我的一生

我在这个傍晚光着身子
昏睡
屋子、书、光阴
醒在雨中

雨像打下来的谷子般密集
人的一生，多么像空旷雨地
像童年塞进灶膛的柴火
一根根、一把把折断！

火焰、泥泞、回忆
闪电、飓风、思想
窗外水雾轰鸣
屋内雨势渐小……

—— 一场雨把我留在了泥里！

2017

安　静
——给杨键

安静也有声音
路上的小女孩在喊："姆妈"
夏天早晨慢慢变成秋天
当老人坐着回忆
年过半百的爱情

县城空空的晾衣架
挂满了秋凉
轮船如同刚刚过世的死者
空留下江声浩荡

宁静也有声音
当她不幸抬头
当她是一名育有两儿
沿街走过的棉纺厂女工

2017

阴 天

这像极了我和你的年轻
天气不好。 你在回忆里
显得孩子气， 更小
笑容更清爽。 你上楼梯
好像宇航员从直播的电视画面
刚落地， 掀开舱门
世界， 人群如骤雨暴风
但一切其实阴晴未定
我们很快会不在一起
我们在一起过吗?
——我从光线暗的里屋走出来
去门口接上完早晚班的你
脱下的雨靴上
有昨夜亲吻的味道
手里拎着菜场买回的菜
排骨、 萝卜， 蓬松， 湿漉漉
你不说话。 大笑， 头偏向一边扬起
仿佛判定了生活是——除了
女孩子的娇气之外的—— 一无是处

我俩的年轻、 不谙世事

有一堵墙挡着。 有一个
三楼人家暧昧的过道
那年春天， 就像丢弃在
楼道角落发霉的纸板箱
堆蜂窝煤的小块转角， 脏旧、 污黑
外面阴天。 连续数日倒春寒
天愈冷， 你愈快活
每当望向窗外， 正愁着没地方去——
我就看见我们俩， 沿街
在这世上结伴的情景
好像一个向着另一个的深处走去
消失在一个人的身上——你或我
变化成一种天气， 一处地域：
县城。 江南。 惊蛰……
阴雨天气像你露出的白牙齿
像头顶有蜘蛛网的天花板
只有一盏灯泡的老屋里捂被窝的手
捂着窗外的雨丝
捂着夜半"沙沙"醒来的笑靥

2017

约 会

夜晚好像独自去赴约了
窗外的时间停在二十九年前
一丛丛树木小径， 寂然无声
微风吹来， 仿佛女孩子静谧的年龄
仿佛她的嘴唇跃跃欲试
我走过的弄堂夜色笼罩
我曾经过的人家早已不在
今夜我分明在家里， 亮着台灯
独守中年的荒凉宁静
可那场赴约似乎还在， 正从
拥抱亲吻变成兴冲冲的一见
我的脚踏车停在墙脚根
变成了回忆的花园
一对恋人走进了多年以前
消失在月亮的田野尽头
　（——别走太快！ 路上的树）
天气倒还是当年的天气
城市和黑夜， 包括历历在目
路人时不时出没的脚步声
似乎除了我留在家里
世上的一切都仍旧年轻， 在相爱

这里那里，黑暗响起"扑扑"的心跳
她的眼睛也一如既往壮大了胆子
空气，有她脸上少女的红晕
江面上的风，阔大单薄
像一场青春的欢宴无惧无畏
有轮船汽笛声贯彻长空
刚才又有一艘，正途经山坡上并肩坐着的
我俩身边。灯火、平原、春天……
这些不被人的岁月磨灭
仿佛逝去人生的空洞见证
我的眼睛盯在书上
夜的目光却朝向别处
房间、床铺、过道
似乎记住了一个约会稍稍变得
古老的方式，以及她骑单车
穿过弄堂慌乱的出现
——每当夜深。每当春天
那模样怦然逼真！扑面而来

2017

吉他练习

我要出门骑车了
经过熟悉的弄堂
看看有没有什么好吃的
（路上冷风"呼呼"响）
——你来吗？

听见一个人和另一个人说话
但不是你和我。 公园没人
城里城外都显得空闲
（前方是又一年春天）
——你来吗？

我清早一起床
就像多年前在一起那样
把窗子打开。 抱着吉他练习
（你傍晚五点钟下班）
——你来吗？

2017

雾

谁能陪伴我走进雾……
走向河岸
春天在屋顶张开小鸟嘴巴
预备收割， 预备恋爱
河水的光芒缓缓泻落

我要慢慢地走， 一个人走
但感觉是两人从前的模样
长夜般地走
数度亲吻。 雨点落在
黎明湿润的土地上

我走进大地生长的力量
笔直行进在寒冷和雾的奥秘里
消失如镇上唯一那台钢琴
葬礼般被从树林抬出去
预备哭泣。 预备眩晕

镇上唯一一名诗人
居住在布谷声声中， 在山谷那边
忧伤的谷穗如同小鸟啁啾
灵魂"沙沙沙……"地摸索

这丰收的垂落。 满脸晕红

河水充满了我耀眼的目光
心里的安静浸着一点青草的甜
他俩在树林里， 半晌， 默不作声
在这世上， 唯一留下来
一场多年以前的爱情

2017

夜读霍斯曼

> "要怎样保存上天的嘉奖?"
> ——霍斯曼《诗外集》

一本书是一件石斧
光秃秃的地面风化
我望着书架上的霍斯曼
1859年春，出生在
英国伍斯特郡

我望着他突然消失和
突然的少年模样
克里山的河流
命运闪闪发光。颠簸的
世人，从未离开过黑夜

待天慢慢黑
所有的书都接受遗忘、星空
这时候人的精神稍稍成型
纸浆是纸浆。石头是石头
海角是海角本身

文字以诗的呼吸砍削

冬天被寒冷的手掌磨钝
但仍有力量。石斧
分形状、重量、刃口、尖角
上下几个部分

人在荒野中跌仆
好像北方的大雁排列成行
一字、一句刻在石上：
梁实秋、卞之琳、杨宪益、杨晓波、飞白
周煦良、黄杲炘、刘新民、王佐良

2017

祝融峰

在南岳衡山

花尽整整一生上山。分乘

小车、草叶、松涛，大片

透过云层的晴空，到达福严寺。中途见沧桑

见一棵松是一整座山林

下面的深谷

摇撼弹尽粮绝的1944年

风如一支溃败的大军穿行

在"衡阳保卫战"史料档案

翻开厚厚的自己和战友生平

刺刀，血迹斑斑

我活过的这一天，同时死去

我死亡的当日

是松涛阵阵、晴朗的山坡

落叶覆盖满山的"方先觉壕"

而岁月举起投降的白旗

将积雪定格在"……8月8日"

从主峰的茅草丛，听风

听落日沿着近代史的壁墙悲怆下落：一个冬夜

替黄帝掌管火种的
陡峭峰峦： 祝融峰

2017

赶蚊子

你小辰光赶过蚊子没有？
兄弟、阿叔、姊妹？
天黑后
蚊帐放下来之前
先用一把大扇子，蒲扇
替爸爸妈妈把床上的蚊子赶掉
用力扇风，直到感觉
纱帐窝里的蚊子没了
寂静的四周只有陈年老房子里的橡木
天窗味道。昏暗大热天
才把蚊帐左右放下。帐钩挂落
"啪哒！"一声，碰在木头的床架子
夜的清谧，随之落下
年年夏天。姆妈吩咐我
举着蒲扇到侧厢屋的地板房
穿过老宅房檐的星光

2017

看不见的雪

她在傍晚某处
刮风的天气很冷
在天黑前某一刻
仿佛一股暖流，一份
幸福的会面

我承认，爱情
曾使寒冷荡开涟漪
使人生化作呛鼻的寒流
莫名的行人趋前碰后
冬天的路灯亮了又暗

像路边的积雪一样准时
我的爱情是一个隆冬的深夜
刺骨的寒风竖起衣领
水不肯结冰。澄澈的
天色不肯暗下来

滚烫的心年轻又无知
天边一抹晚霞凛冽
地平线尽头秋天的田畴
挽留向晚沿着山冈的

好奇的散步

那些看不见的雪
改变了岁月的听觉
那些暗自微笑、裸露的
雪：
隐隐约约的春天

2017

北　门

也许，六岁那年
我就成了一名诗人
那时，我还不识字
供我蹒跚而行，来到你们中间
是一条旧时的老街

箍桶匠、摇面铺
散发草木香味的中药房
大饼店、馄饨摊
带我神游四方，穿过汉字
象形的小街陋巷

被揪斗的算命瞎子
罚站操场的教书先生
清晨扫街的国军军官
拖大板车的海外游子
收听敌台的现行反革命

他们一个个从眼前经过
成为工农兵大游行之后的
胜利成果。回乡知青饥肠辘辘
黄昏天黑时赶往轮船码头

长江成为父母亲闭口不提的出生地

茶馆门前的老虎灶
灶膛口窜出一阵五言七律的火光
腊月县城里豆腐店
各家排队的穷孩子星罗棋布
冻疮、流鼻涕是人世间

学到的第一堂国文课
也许,不到六岁,我就有了一双
默默打量生活的诗的眼睛
供我研习的,是亲人久久不归、
北门街上一场黄昏的大风雪

2017

杨　度

今晚想着杨度的人
在这个地球上没几个
可怜——我是其中之一——
不知道杨度是谁
杨度自己也不知道杨度是谁
然而，我在长时间地
想着他。也许是碰巧。也许注定

杨度。杨晳子。湖南人

我突然相信：好像这个名字
在想着我
通过晚清留学日本的中国学生会
通过《湖南少年歌》。1912年
北京吉祥大戏院。或贤良寺
杨度给熊希龄出的一个主意。也通过
范静生，端起书桌上的花碗

杨度为何突然回国呢？

如果杨度知道他自己是谁
那么，我又是谁？

《黄河歌辞》《金铁主义》
《粤汉铁路议》 在想着我
一班亡命扶桑， 锈蚀的海轮
一下子从迷乱中猛醒过来
戊戌年长沙时务学堂。 救国之途
——在想着我
今晚想念杨度者， 我是其中一个

2017

粥

用电饭煲烧粥
坐在家里等粥慢慢炖熟
在这个冬天的早晨
安静地发一会呆

楼下有人咳嗽
有人上楼梯
雾漫过空草地的河岸
寒冷散发出乡野粥香

粥烧好了。 端一碗给姐姐
端一碗给床上的姆妈
再端一碗给哥， 佐以
入冬新腌的盐菜

——这是儿时的场景：
满屋子弥漫香甜的热气
全家人围坐一张四仙台
筷儿头上搛着咸萝卜干

……眨眼工夫， 煮沸的粥汤
漫出。 我连忙扔下回忆

把电饭煲功能摁下
定格在"保温"键上

2017

夏天的尘埃

一个傍晚起风了
街上凉凉的风里， 风变作行人
美容店、 编织毛衣铺、 成衣店
按摩院、 彩票站
风沿街走过。 天色阴暗
空旷的马路似乎有好心情
鸟的翅膀在树梢
女儿找到了她三年级的同学
把书包一扔， 她俩在楼梯口玩起来
之前， 她告诉别人："世界上
有比蜂鸟更小的鸟
叫 '麦粒鸟'。"
是在风的课外阅读书上有记载
看来， 暮归途中， 叽叽喳喳的鸟儿
有着家庭般的温馨

天完全黑了
窗台没来得及收回家的被单
已被淋湿
风远远地， 早已走遍整条街区
风的心里， 只剩下鸟儿翅膀的声音

我进出自己书房

除了房子里没亮灯， 街上凉凉的风

我这一生多么徒劳

且无处躲藏

我在我不认识的星球上

参与进了宇宙的荒凉

停伫在这一刻。 我变作了令工厂大门

"乒乓"响的不知名的风

身体像一个张开的大嘴

突然紧闭如骤然而至的黑暗

2017

辽阔的一天

中午静静地一个人回家
经过小雨中的街道
看见风在行人身上吹拂出长长的柳条
走近阴阴凉凉的地下车库
一瞬间，发觉自己
在房门前掏钥匙开门
仿佛脚下是一个
陌生的星球
　　我踏进房门
　　消失在世上

2017

冷飕飕的风

冷飕飕的风
从房子走廊吹过
霜重露湿的树叶
在风中翻卷

人生中一个奇异的早晨
窗户在行善积德
即使不曾翻阅过佛经
即使我从未写过一行诗

2017

多年以前

好吧……天蒙蒙亮
在我星空般肃穆
古老的书桌上
我竟已经坐着了!

仿佛多年以前
安徽屯溪到江西婺源的候车室
坐在候车室的长椅
等外面的头班车发车

灰蓝色天的轮廓
群山的轮廓。 鸟鸣声
先是很单调的一种
接着两种、三种……更多

在我生平的这一
片断: 我正头插羽毛、手拿弓箭
正步入深山
——我即将投入悲伤的怀抱

2017

雨　雾

记得下雨天我俩在一起
爱好像弄堂口地面的泥泞
雨伞晃动冬天闪亮的雨丝
不断地有雨珠碰落，有晚饭时分
人家屋门前烧煤炉的烟
我误以为是亲吻的暮霭

不断地我们跨过台阶和楼梯
寒风追赶着两人的年轻一阵"空通、空通"
响。新年好似黑暗中
你伸出的静谧的手指
天真的黑了。年关临近
我遗忘的往事后面有雪

我们赶时间去郊区的出租屋
仿佛幼年时旷野的一颗流星
我俩抬头仰望，双双消逝
而神奇地紧攥彼此的手
手没有松开
到死都不松

仓促中的美好，恍若万家灯火中

雨落在屋顶， 落在人世
透明的眼眸里
不断地有人走过一条短短的巷弄
有人迎面而来
但却陌不相识

外面雨天的街道， 成了
年关临近时的寒潮雨雾
爱渗透进雨的声音
洒落成粒粒晶莹的雨滴
弄堂在前方转弯——分手！
雨雾笼罩的世界尽头

2017

纪念一个出生地：江南

我的爱人是落雪天的冻荸荠
冻满一夜的荸荠
又黑又甜

2017

庞培创作年表

1984年　开始写诗。春天乘海轮旅行青岛，独宿海边。写八行短诗：《青岛》。

1986年　大年初一坐火车去北京，游览长城、圆明园、颐和园。一周后去东北，独自到大兴安岭，北大荒。到过佳木斯、长春、鸭绿江、安东、黑龙江、沈阳、鹤岗、萝北等地，深入人迹罕至的林区。十五年后以散文《旅行的黑颜色》回顾此次行迹。

返程经山东，在泰安站下车，登泰山。

经过南京站，下车去市区见《青春》杂志编辑李潮先生，后经李潮引见，结识他的弟弟诗人韩东。

编辑油印诗集：《诗歌漂流》

七月，去南京，结识诗人韩雪，小说家苏童、黄小初。

1987年　11月11日在《新华日报》副刊刊发两首短诗。

1988年　《当代诗歌》分两期发表组诗，启用笔名"庞贝"和"庞培"。

完成短诗《睡前诗》《南方歌谣》等。

1989年　确定用笔名"庞培"。（之前，1985年在

《青春》杂志刊发小说处女作时已用笔名庞培）9月，闻诗人海子自杀噩耗。11月在县文化宫夜校四楼，开办辅导创作的"诗歌班"。写作长诗《在南方作长途旅行》《一年四季》及部分短诗。

1990年 编油印诗刊《一月七号》两期。春，结识诗人陈东东、车前子、沙漠子、朱文、葛亚平。创作《妇人的旅行》等一批诗歌。
3月，去呼和浩特旅行，结识画家刘溢。归途去北京，结识西川。

1991年 组诗《春天》。写出《抱着吉他过冬》《冬天》《我记得你睡觉的姿势》等一系列较为满意的诗作。在《今天》杂志上首次发诗。自印诗集《三十首诗，十五篇散文，一场正在进行中的谈话片断》。

1992年 创作组诗《恋爱书简》。
《现代汉诗》发表《妇人的旅行》。
《南方诗志》冬季号发表《江阴城内》组诗。
去南京，认识朱朱。和杨键、潘维通信。
去上海，认识肖开愚、张曙光。

1993年 6月南下广州。和林贤治见。在媒体工作。创作《雨》等诗作。认识诗人杨子、黄灿然、凌越、李建春、陈侗、张晓舟、朱燕玲等。
《诗刊》8月号"青年诗人专号"发表邹静

之先生责编的《一个人的命运》等诗三首。

1994年　诗作见《北回归线》《倾向》《花城》《今天》《诗歌报》等处。

《大家》创刊号发表《诗四首》。

1995年　认识柏桦、杨键、蓝蓝、耿占春、叶辉、黄梵。

创办民刊《北门杂志》。

年底获首届"刘丽安诗歌奖"。

1996年　去合肥见祝凤鸣。

由柏桦引见，在成都见钟鸣、欧阳江河、孙文波、唐丹鸿等。

与画家周春芽、张晓刚见。

在《诗刊》《西藏文学》《绿风》《诗歌报》发表诗作。

秋天，和友人同游大别山、皖南，并首次到江西婺源。

1997年　七月游湖南凤凰。再游浙江、皖南、江西。

八月途经成都去西藏。在拉萨见唯色、贺中。

八月底取道青海格尔木返内地，西藏之行历时二十八天。

10月，去苏州参加《诗歌报》"金秋诗会"，结识赵雪松、汗漫等人。

11月去北京参加《诗刊》社第十四届"青春诗会"。

1998年　一月，出版《低语》。

5月去河南旅行。在信阳见扶桑。秋天去郑州。参加《诗歌报》江苏盐城"金秋诗会"。

10月，获"第6届柔刚诗歌奖"，去福州出席颁奖会。

作品获选洪子诚主编"九十年代文学书系"，程光炜选编的《岁月的遗照》。

1999年　去河南"济源诗会"，认识王家新。

去昆明《大家》杂志举办的"凹凸文体"笔会，认识海男、雷平阳、张锐锋等。

9月21日乘火车四天三夜抵新疆乌鲁木齐。见沈苇、周涛、朱又可、北野、刘亮程、卢一萍、陈家坪等。10月游历北疆。12月游南疆喀什、阿克苏、库车、库尔勒、帕米尔高原等地。

2000年　2月从新疆返。写作《少女像》。

5月，和卢一萍同船过太湖，游古镇练市、南浔，结识屠国平、舒航、柯平、沈健诸位。

9月去安徽合肥，和杨键、叶匡政、梁小斌合筹新改版的《诗歌月刊》，任编辑。

2001年　写作长诗：《废园》。

编出《文革后中国诗钞》上下卷，未正式出版。

春天，骑自行车环游太湖八天。

写作《时装店》。

长诗《少女像》刊于《人民文学》第二期。

游历浙江、安徽、江西。

2002年 创作长诗《母子曲集》。

游历苏北、江南各地。

2003年 去邻县市常熟生活半年。和张维相熟。

修改《母子曲集》。

写作《往事》《旧宅》等诗作。

2004年 短诗《一阵江风》《出现》《死亡片刻》《记忆》《日出之歌》等于此年完成。

再游江西婺源。

2005年 和长岛、杨键、陈东东、张维等人共同发起举办"三月三诗会"首届"虎丘雅集",邀请多多、蓝蓝、张枣、柏桦等二十人与会。(此后"三月三诗会"每年一届)

2006年 写作《夏日之歌》《夏天,一张被风撕开的乐谱纸》《寒夜》《一月七号》《活字》《秋歌》《下雪天》等短诗。春天,登安徽黄山,兼游皖南各地。

5月,参加杭州"不完整世界"诗会,见诗人食指、张正、芒克。

6月,去湖南长沙"21世纪诗歌峰会",认识于坚。与旧友孙文波等见。

2007年 4月,获当年云南昆明"《滇池》文学奖"。

	写作《一生》《散步》《风》《秋耕》等诗作。
	游历陕西全境。
	8月，去西宁参加"首届青海湖国际诗歌节"。
2008年	6月，赴四川稻城"香格里拉"深山。
	9月，和儿子乘火车第二次游新疆，途经敦煌、玉门关、星星峡、鄯善、吐鲁番等地。在乌鲁木齐参加《世界文学》笔会，认识陈众议、高兴、余中先等。
2009年	参加中国作协"新诗写新疆"活动。重走南疆各地，（多多、蓝蓝、耿占春等）旧友重逢，分外欣喜。
	创作《流沙坠简》。
	秋天，去山东旅行。
	11月，诗集《四分之三雨水》由台湾唐山出版社印刷面世。
2010年	长诗《谢阁兰中国书简》，历经春、夏数月完成。
	春天，获《诗探索》杂志社在海南举办的"年度诗人奖"。
	4月，和台湾诗人黄粱见面。
	诗作入选柏桦主编《夜航船——江南七诗人选》。
2011年	客居苏州一年。写作长诗《忧伤地下读物》。部分英译，部分发表于该年的《青年文学》。

在大陆面世的首部诗集《数行诗》，8月由上海文艺出版社出版。

9月，经兰州、西宁坐火车到拉萨。

2012年 4月游西藏、贵州、湖南，5月中旬返回。8月游浙江雁荡山。

创作《雨中曲》《（鲁拜集）原稿》《切好的萝卜》《重逢》等诗作。

2013年 长诗《婺源境》历时一月完成。8月自费印刷面世。

长诗《常熟田》完成。

4月，结识夏可君。

编辑《江南十二人诗歌集》，4月出版。

7月，旅行江西赣州。

9月，参加杭州首届"大运河诗歌节"。

2014年 在杭州"舒羽咖啡店"见诗人阿多尼斯。

2015年 1月，手稿《往事》《一个人的命运》在南京拍卖。

5月，游浙江雁荡山。

7月，《途中——谢阁兰中国书简》由上海华东师范大学出版社出版。

去内蒙古旅行。获"第四届张枣诗歌奖"。

2016年 4月，再游浙江雁荡山。

6月，去陕西、甘肃、青海、新疆游历两个月。

10月，去北京。回程经山东返。

11月，邀于坚来访。

　　　　　12月底，和杨键、李建春、江雪四人同游湖南。经长沙、常德到衡阳，登顶衡山，祭耒阳县杜甫墓。

2017年　7月，去内蒙古旅行。返程游北戴河、山海关。

　　　　　10月，邀食指来访。

　　　　　11月，去海南。编辑《庞培的诗》初稿。